Anton Kortner ist geschäftlich abhängig von seinem Partner Fred Baldow. Beide könnten nicht unterschiedlicher sein. Anton ist harmoniebedürftig und kontrolliert, während Fred ein Macho ist und egal wo, immer der Erste sein muss. Die Ehepaare Baldow und Kortner fahren privat nach Wien mit der Absicht, die geschäftliche Zusammenarbeit zu verbessern. Doch die unterschiedlichen Charaktere der Männer prallen auch dort aufeinander. Anton will keinesfalls die erotische Freizeitgestaltung von Fred teilen - der ist bekennender Swinger! Fred will Antons Moral knacken. Hinzu kommt, dass auch die Paare nach langen Ehejahren Reibungsflächen miteinander haben. Sie sind nicht mit ihren Leben zufrieden und hadern mit ihren Schicksalen.

Psychologische Kämpfe finden an interessanten Plätzen in Wien statt. Jeder beschriebene Ort wie zum Beispiel der „Friedhof der Namenlosen" tut ein Übriges, um den psychischen Druck auf Anton zu erhöhen, zusätzlich zu dem Druck, den Fred bei ihm aufbaut. Er kämpft und durchlebt vier traumatische Tage mit Realem, Geträumtem, Erotischem, mit Panik und Angst.

Ganz nebenbei erfährt man viel über Wien, von Sehenswürdigkeiten, die nicht in jedem Reiseführer stehen, Wiens Geschichte, Skurriles und sonderbare Begegnungen.

Bibliografische Information der Deutschen Nationalbibliothek:
Die Deutsche Nationalbibliothek verzeichnet diese Publikation in der Deutschen Nationalbibliografie; detaillierte bibliografische Daten sind im Internet über

http://dnb.dnb.de

abrufbar.

© 2020 Marco Toccato

Umschlaggestaltung: Marco Toccato

Impressumservice buecherbau.de

c/o Horst Karbaum

Gasenbergstraße 55

D-44269 Dortmund

Herstellung und Verlag: BoD – Books on Demand, Norderstedt

4. Korrigierte Auflage September 2022
5. Korrigierte Auflage 4. Februar 2023

ISBN: 978-3-7526-0746-8

*Marco Toccato ist ein Pseudonym

Marco Toccato

Nur ein Traum im Traum?
- Nura Draam in am Draam? –

Band 1 „Wiener Träume"

1 Projektgespräche

Fahr schneller! Ich fahre immer 120 bei 100."

Fred Baldow sitzt auf dem Beifahrersitz. Er und Anton Kortner sind auf dem Weg zu einem von zwei gemeinsamen Kunden, einem Pharma-Großhändler in Groß-Gerau.

„Aber *du* fährst nicht!" Anton nerven diese Einwürfe!

„Gar nicht schlecht der Leihwagen, den du genommen hast. Ein bisschen klein innen, aber schick gestylt und ziemlich spritzig. Mein Audi hat ja über 300 PS!"

,Ja, ja, ... und meine Yacht ... meine Frau ... und mein Haus ...' denkt er. Er ist diese Protzerei leid. Seit mehr als zwanzig Jahren tummelt er sich in einem Macho-Umfeld, um sein Geld als selbstständiger Berater zu verdienen. Es ist schwer, dabei sauber zu bleiben. Toi, toi, toi, bisher ist es ihm gelungen. Leider sieht man das auch an den Umsätzen, denn manche Sachen scheiden da von vornherein aus.

Als das aktuelle Projekt begann, war es fast zwanzig Jahre her, dass Fred und er zusammengearbeitet hatten.

Zwanzig Jahre sind lang und er hat sich schon ziemlich früh gewundert, was für ein Arschloch Fred in der Zeit geworden ist.

„Du musst mal ’n bisschen mehr Biss zeigen! Irgendwie hast du einen teilnahmslosen Eindruck gemacht." Fred ist wieder mal dabei einen erwachsenen Mann nach seinem Bilde umzuerziehen.

Anton fällt Mike Krüger ein, der sein erstes Auftreten bei der Bundeswehr beschreibt. Er steckt in einem viel zu großen BW-Arbeitsanzug und wird gerade von einem Stuffz angehauen „Wie sehen Sie denn aus, Schütze Krüger? Da lacht sich der Feind kaputt, wenn er Sie sieht.", Mike Krüger antwortet „Woll’n Se ’nen Killer oder ’nen Dressman?"

„Willst du ’nen Beisser oder ’nen Logistiker?", antwortet er Fred im selben Stil.

Fred reagiert gereizt, doch Anton weiß nicht, was er schlimmer findet, seine Gereiztheit oder die nun aufkommende 'Heiterkeit'.

Denn jetzt spielt Fred ihm irgendwelche Blondinenwitze von seinem Handy vor und lacht meckernd dazu, zum Gähnen und peinlich. Überhaupt meint Anton, dass man am Lachen erkennen kann, was für eine Person man vor sich hat.

Fred kommt da bei ihm mittlerweile sehr schlecht weg. Sein ansonsten gutaussehendes Gesicht wird beim Lachen zur Fratze und die Geräusche, die er dabei produziert, machen es auch nicht besser.

Anton schaut kurz nach rechts: Da sitzt er in seinem wirklich eleganten und wahnsinnig teuren Anzug. Die dunklen, noch sehr dichten Haare haben einen leichten Rotstich, so wie bei Gerhard Schröder, unserem Altkanzler auch. Der hatte auch nie ein graues Haar, obwohl der älter als Fred war, der siebenundfünfzig ist. Doch Freds scheinbar dauergebräunte Haut zeigt mehr als das wahre Alter, vor allem an Hals und Händen.

Allerdings ist er wirklich gut. Als diplomierter Betriebswirt mit Auslandssemestern in den USA ist er sehr eloquent und scharfsinnig. Intuitiv legt er bei jedem Neukunden sofort die Finger in dessen Wunden. Seine Ausstrahlung verspricht, dass er sie heilen kann. Neue Kunden zu bekommen, war nie sein Problem, Sie zu halten, schon eher. Denn manchmal sieht er auch Wunden, die keine oder unabänderliche sind. Dann neigt er zum Starrsinn und versucht mit Penetranz dem Kunden klarzumachen, dass der was machen muss.

Da, wo sie gerade herkamen, hat er eigentlich Hausverbot. Bei einem früheren Projekt hat ihn die Besitzerin rausgeschmissen. Warum weiß Anton nicht. Fred und er arbeiten jetzt pro forma für einen weiteren Freelancer, Richard Krähling, der als Strohmann das gemeinsame Angebot auf seinem Briefpapier an den Kunden gegeben hat und auch gegenüber dem Kunden abrechnet.

Kortner ist froh, dass er sich nur um die Logistik kümmern muss, während Fred und Richard die kommerzielle Seite betreuen. Er kann in der Regel allein und eigenständig arbeiten. Nachdem sie heute in Worms mit dem einen Großhändler, der Knauerbruch GmbH gesprochen hatten, haben sie am Folgetag eine Besprechung bei einem anderen, der Seligmann GmbH in Groß-Gerau, der das Wasser bis zur Unterlippe steht. Der Kunde in Worms will Seligmann schlucken, wenn es sich lohnt.

Das herauszufinden, ist die Aufgabe, nämlich zusammenzustellen, was das Unternehmen an sich noch wert ist und einen Vorschlag zu machen, wie man es am schnellsten und günstigsten in die Knauerbruch GmbH integrieren kann.

In Worms war Anton dabei, während Fred dort mit dem Kunden in zackigem Ton die Alternativen für den Standort in Groß-Gerau besprach. Da gibt es seiner Meinung nach nur zwei, nämlich Schliessung, Leute entlassen, Immobilien verkaufen und Kunden nach Worms übernehmen oder mit möglichst geringer Investition den Standort produktiver zu machen und weiter zu betreiben. Fred favorisiert Alternative eins!

Antons Job ist es festzustellen, wie viel Alternative zwei kostet, falls sie überhaupt machbar ist. Während des Gesprächs hatte er sich innerlich entschlossen, dass Alternative zwei machbar sein *muss*!

„Sag mal, wenn ich mich richtig erinnere, war deine Frau doch so 'ne Kleine mit 'nem hübschen Gesicht. Wie läuft's denn so bei euch, prickelt's noch?"

Anton verschlägt es die Sprache. So direkt ist er noch nie auf sein Privatleben und seine Frau Dorothee angesprochen worden. Was soll er machen? Er sitzt im Boot mit Fred und muss noch einige Wochen mit ihm zusammenarbeiten. Abgesehen davon verschafft der ihm immer wieder lukrative Beratungsaufträge. Die Aufträge braucht Anton.

„Ja und ja!", sagt er nun etwas einsilbig. Dabei versucht er, einen freundlichen Ton aufrechtzuerhalten.

„Na komm, zier' dich nicht! Also bei uns geht's immer richtig zur Sache, wenn ich zu Hause bin. Du kannst dich doch an meine Frau Margret erinnern? Die hat immer noch, auch nach dem Kind eine Wahnsinnsfigur und Spaß am Sex."

,Was denn noch?' Sein Mund wird trocken. *,Worauf will der raus?'* Aber es stimmt, er hat Freds Frau als sehr gutaussehend in Erinnerung. Sie hatten vor Jahren mal einen Abend zu viert in einem Restaurant in Köln verbracht.

Anton hatte sich fast sofort in sie verliebt. Das passiert ihm oft: Er sieht eine Frau irgendwo, irgendwas an ihr ist besonders und er ist von einer Sekunde auf die andere verliebt. Nie ist es zu irgendwelchen Affären gekommen, obwohl er seine Frau schon über vierzig Jahren kennt. Aber verliebt zu sein, ist schon ein besonderes Gefühl, verbunden mit Sehnen, Hoffen, Freude und Leiden.

Genau genommen ist er dauernd verliebt, mehr oder weniger stark. Dabei geht es ihm nicht um Sexuelles. Er sehnt sich immer nach dem Zusammensein mit der aktuell Angebeteten, nach Zusammensein und Reden. An Nähe und Austausch liegt ihm.

Die Krux ist, dass ihm das niemand glaubt, schon gar nicht die Frauen, in die er jeweils verliebt ist. Die halten das immer für eine Masche oder finden es langweilig. So überwiegen Sehnen, Hoffen und Leiden ... bis zum nächsten Verliebtsein.

Freds Frau war so ein Fall, doch nach einigen Wochen war er drüber weg. Er hat sie nach dem Treffen in Köln nie wieder gesehen.

Fred hatte was gesagt, während er in Gedanken war.

„Entschuldige! Ich war mit den Gedanken woanders. Was hast du gesagt?"

„Dass es bei uns nicht nur prickelt, sondern knallt! Wir tun auch was dafür. Eine sexuell erfüllte Ehe braucht auch Impulse von außen, aber das weißt du bestimmt selbst oder?"

Wo hat er diese Plattitüden gelesen? Anton ist das Gespräch peinlich und ihm ist auch nicht klar, wohin das führen soll.

„Was meinst du mit *Impulse von außen*?", irgendwas muss er sagen. Doch Fred hatte ihn nun da, wo er ihn hin haben wollte. Ob das ein Trick war, den man bei der Neuro Linguistischen Programmierung, kurz NLP lernt? Fred hatte natürlich an NLP-Seminaren teilgenommen. *Natürlich* deshalb, weil das ein wirksames Mittel ist, seine Gesprächspartner zu manipulieren. Sowas lässt er sich nicht entgehen.

„Was für 'ne blöde Frage! Man muss öfter mal mit 'ner Anderen ins Bett, ist doch klar!"

„Weiß deine Frau das?

„Nicht immer, aber manchmal ist sie sogar dabei!"

Plötzlich sieht Anton Freds Frau wieder vor seinem inneren Auge. Er erinnert sich, wie verliebt er damals war. Das, was Fred da gesagt hat, ist mit seinem Bild von ihr nicht vereinbar. Jetzt will er Klarheit: „Wie dabei? Du schläfst mit einer anderen Frau und deine Frau schaut zu?"

„Ja, das auch, aber meistens vergnügt sie sich dann mit dem Mann meiner aktuellen Partnerin. Sag bloß, ihr habt das noch nie gemacht?" Fred ist nun sichtlich in seinem Element. Es scheint sein Lieblingsthema zu sein, sicher hält er sich für aufgeschlossen, erfolgreich beim anderen Geschlecht und für den denkbar besten Liebhaber.

„Nein! Du meinst, ihr geht in einen Swinger-Club, sucht euch ein anderes Paar und schlaft überkreuz miteinander?"

„Ja, manchmal auch das, aber schicker ist es, wenn man das im eigenen Haus oder bei dem anderen Paar macht. Finde ich intimer. Die meisten Swinger-Clubs sind mir zu schmierig!"

,Das passt, schmierig! *Was für ein Thema!'* geht es Anton durch den Kopf und laut: „Das geht mir genauso. Deshalb war ich auch noch nie in sowas, genauso wenig wie im Puff!"

„Wow, dann bist du ja noch 'ne richtige Jungfrau!" Fred lacht wieder laut und meckernd.

„Aber Partys, bei denen es etwas weiter geht, die hast du doch schon mitgemacht?"

„Was heißt *weiter geht*, einmal gab's eine Party, da ging es schon zur Sache, jedenfalls zwischen einer Frau und mir. Die hat mich unheimlich angemacht und dann ..."

Er versinkt wieder in Gedanken. Was damals passiert ist, begreift er bis heute nicht, obwohl es sicher schon dreißig Jahre her ist. Ihm fällt Homers Odyssee ein und Circe, die Männer in Schweine verwandelt. Er war damals nicht mehr Herr seiner Sinne. Dorothee, die mit ihm auf der Party war, hatte er völlig vergessen. Er tanzte mit dieser Frau ununterbrochen engumschlungen. Sie war eine Ausnahme bei seinen Verliebeleien, in dem Moment wollte er nur mit der ins Bett, so schnell wie möglich.

Sie war wirklich, wie Circe beschrieben wird. Von einer Bekannten, die öfter auf Partys mit ihr war, erfuhr er, dass sie sich jedes Mal einen Mann rauspickte, um ihn anzumachen. Wenn sie genug hatte, ließ sie ihn stehen und ging mit ihrem Mann nach Hause.

Ihre Motivation war nicht klar, vielleicht genoss sie es einfach, Männer bis an eine äußerste Grenze zu reizen, um sich dadurch selbst zu bestätigen. Menschen sind manchmal unbegreiflich.

Im Nachhinein betrachtet, weiß Anton nicht, ob ihm das tatsächlich passiert ist oder er es geträumt hat. Dorothee hatte niemals was zu seinem Faux pas gesagt, so als wäre er nie geschehen.

Es gibt so einige Szenen, die er im Kopf hat, von denen er nicht weiß, ob sie tatsächlich stattgefunden haben oder nicht.

Anton und seine Frau waren mal mit einem befreundeten Ehepaar in Südfrankreich, wo sie in

Cap d'Antibes waren. Abends war dort nicht viel los und sie fuhren ins benachbarte Cannes. In einer Straße war der Teufel los. Sie saßen an einem langen Tisch auf einer langen Bank ohne Rückenlehne und um sie herum *brauste der Abend*. Rollerskater, Inlineskater, Tanzende, Kellner und Longboardfahrer rauschten durch die Straße, andere Menschen in sommerlicher Kleidung flanierten an ihnen vorbei. Überall war Musik. Wie es Dorothee und den Freunden ging, weiß er nicht. Er war wie angenehm betrunken oder besser wie berauscht von der ersten Minute an. Es war fantastisch.

Am nächsten Tag regte er an, dass sie wieder dorthin fahren könnten. Sein Freund, der abends zuvor gefahren war, fragte ihn *„Wieder?"*. Er fuhr und Anton wies ihm den Weg.

Es gab zwar den langen Tisch mit der Bank und einige Lokale, die er wiederzuerkennen meinte, aber trotz des guten Wetters war an diesem Abend alles leer. Seine Fragen an die anderen, ob sie sich das erklären könnten, trafen auf Unverständnis. Dorothee sprach er erst Jahre später darauf an und sie wusste nicht, wovon er sprach.

-:-

„He, auf die Straße achtest du hoffentlich oder? Pennst du?", schnauzt ihn Fred an.

„Oh, entschuldige, ich war in Gedanken. Hast du was gesagt?"

„Ja, drei Mal, aber ist nicht so wichtig. Wir sind fast da. Heute Abend kommt Dr. Seligmann zum Italiener und will mit uns essen. Lass uns dem mal auf den Zahn fühlen!"

Richtig, er biegt gerade auf den Hotelparkplatz ein und sucht einen freien Platz. Nachdem er das Auto abgestellt hat, gehen sie ins Hotel, in dem sie nun schon die halbe Woche verbracht hatten. Richard ist sicher schon da.

„Sagen wir in einer halben Stunde im Foyer? Dann gehen wir zum Italiener, okay?"

Fred ist schon vor seinem Zimmer und öffnet es mit seiner Schlüsselkarte.

„Gut! Bis gleich." Antons Zimmer liegt am Ende des Ganges.

2 Geschäftsessen

Der Italiener ist leidlich. Das Essen ist gut, aber die Kellner sind lausig. Leider steht er mit seiner Meinung allein, Fred und Richard sehen das anders, deshalb ist der Italiener quasi ihr abendliches Projektbüro geworden. Sie meinen, dass auch Kellner ruhig etwas rotzig gegenüber ihren Kunden sein dürfen. Anton dagegen will zwar keine servilen Bücklinge, aber ein höfliches, klares Verhalten sollten Kellner haben, meint er.

Dr. Seligmann ist schon da, als sie eintreffen. Sein Unternehmen hat er vom Vater geerbt und es macht ihm keinen Spaß, er fühlt sich auch nicht verpflichtet, es seinen Kindern zu erhalten. Er hat eine andere Geschäftsidee, die er bevorzugt umsetzt und auszubauen versucht. Alle Ressourcen steckt er in seine Idee. Der Großhandel dient als Basis und ist dadurch fast ausgehöhlt.

Nun steht dem Unternehmen und auch Dr. Seligmann das Wasser bis zum Hals. Gut, dass ihr anderer Kunde, Knauerbruch erwägt, den Betrieb in seinen zu integrieren.

Anton ist jedenfalls hochmotiviert, weil die Integration für die meisten Mitarbeiter von Seligmann den Erhalt des Arbeitsplatzes bedeuten würde. Er hat viele Mitarbeiter kennengelernt. Sie haben ihm bereitwillig alles gezeigt und erklärt, was sie wie machen. Ihnen ist der Ernst der Lage nicht bewusst. Offiziell prüft er Möglichkeiten, wie der Laden wieder logistisch in Schwung gebracht werden könnte, aber verdeckt tut er das, um einen attraktiven Übernahmekandidaten zu schaffen.

Die Moral in der Beratungsbranche ist in den letzten Jahren drastisch schlechter geworden. Die egozentrische Haltung, die sich teilweise brutal in der Gesellschaft durchgesetzt hat, hat sich im Beratungsumfeld schon sehr viel früher gezeigt. Der Druck auf die Berater ist gestiegen und viele Kollegen antworten darauf mit skrupellosem Handeln.

Für ihn ist das eine Erklärung für die krasse Veränderung, die Fred zu dem gemacht hat, was er jetzt ist. Erfolgreich, arrogant, misstrauisch und immer auf dem Kiwief schlägt er schon reflexmäßig um sich, wenn er meint, angegriffen zu werden.

Anton bereut sehr, sich auf dieses Projekt eingelassen zu haben, doch im Moment ist kein anderer Auftrag in Sicht. Er ist gezwungen, gute Miene zu machen und auch Fred bei Laune zu halten. Wird er auch die letzten Jahre noch sauber bleiben können?

„... was meinen Sie meine Herren, wie stehen wir da? Wird uns Knauerbruch übernehmen?"

Den Anfang hat er - ganz in Gedanken - nicht mitgekriegt. Seligmann hat Schweiß auf der hohen Stirn. Er strömt Unsicherheit aus. Ihm ist endlich - wenn auch viel zu spät - klar geworden, dass er kurz davor ist, alles gegen die Wand zu fahren. Fred und Richard zeigen ihre besten Pokerfaces. Sie scheinen Spaß daran zu haben, Seligmann schwitzen und sich wie ein Wurm winden zu sehen.

„Sie stecken bis zum Hals in der Scheisse, Dr. Seligmann!", sagt Fred und ergänzt „Sie wissen ja, dass man dann den Kopf nicht hängen lassen sollte!", Richard und er lachen wie Verrückte. Seligmann hat die blanke Angst im Gesicht.

„Was ich bei Ihnen in der Logistik gesehen habe, Herr Dr. Seligmann, gefällt mir. Allerdings haben Sie es versäumt, Ihr operatives IT-System auf dem letzten Stand zu halten, aber das lässt sich mit überschaubaren Mitteln nachholen, was ich dringend empfehle." Anton gefällt Freds Spiel überhaupt nicht und er versucht Seligmann Hoffnung zu machen.

„Ich empfehle dringend, dass Sie Ihre AS400 (Computer im Hause Seligmann) auf einen aktuellen Stand bringen, den gekündigten Wartungsvertrag dafür wieder abschließen und auch auf die letzte Version der Logistik-Software updaten.

Abgesehen davon, dass Sie damit den Grundstein für eine leistungsfähigere Logistik legen, wird das kritische Mitarbeiter bei Ihnen beruhigen."

Seligmann nickt und er entspannt sich sichtlich. Ein wenig Hoffnung hat er ihm gegeben und seinen beiden Kollegen die Show verdorben. Sie beteiligen sich plötzlich wieder konstruktiv am Gespräch und schildern Seligmann aus ihrer Sicht, wo er sich Hoffnung machen kann.

Morgen ist Anton wieder auf sich allein gestellt und führt seine Untersuchungen im Betrieb weiter. Denkt er jedenfalls.

Fred und Richard werden dann mit den Vertrieblern und Kaufleuten reden.

Zeit seines Berufslebens war zwischen den Kaufleuten und den Ingenieuren ein unüberwindbarer Graben. Die einen meinen, dass die Ingenieure nur dauernd das Geld ausgeben, dass sie verdienen und die anderen sind überzeugt davon, dass technisch bald nichts mehr läuft, weil sie am ausgestreckten Arm der Kaufleute verhungern.

Bei diesen zwei Spezies kommt es nie zum Ausgleich, weil sie nur miteinander reden, wenn sie müssen und wenn sie reden, tun sie es mit ihren Worten und Argumenten, die die anderen nicht verstehen.

Kaufleute und Techniker, zwischen denen werden die modernen Schlachten geschlagen!

3 Ein ganz normaler Arbeitstag

Nach dem Frühstück im Hotel sitzen Fred, Richard und Anton in Antons Mietwagen. Zur Seligmann GmbH sind es nur wenige Minuten stadtauswärts, also ohne morgendlichen Stau.

Fred redet ihm wieder in seine Art zu fahren rein. Na ja, *sein Audi hat ja auch über 300 PS!* Anton schafft es erfolgreich, ihn zwar zu hören, aber nicht bewusst wahrzunehmen, was er sagt.

Gott sei Dank steigen sie jetzt auf dem Firmenparkplatz aus und ihre Wege trennen sich. Richard geht zum Buchhalter, Fred trifft einen Vertriebsmitarbeiter und Anton spricht mit Franz Thau, dem IT-Leiter von Seligmann.

-:-

Schon nach wenigen Worten ist er sich sicher, dass Thau etwas von seiner eigentlichen Aufgabe ahnt. Das könnte gefährlich werden, wenn er womöglich Gerüchte streut, die ihnen die Arbeit schwer machen würden und damit Knauerbruch die Übernahme.

„Ach Herr Thau, gestern Abend haben wir mit Dr. Seligmann zu Abend gegessen. Ich habe ihn sehr deutlich darauf hingewiesen, dass er schnellstens Ihre IT auf Stand bringen sollte und ich hatte den Eindruck, dass er mich verstanden hat."

Thau wird lockerer. Anton braucht ihn dringend für seine Arbeit.

„Könnten Sie mir bitte möglichst bald alle Auftragsdaten des vergangenen und des laufenden Jahres geben. Möglichst über genau denselben Zeitraum, für den Sie mir schon die Tourendaten zusammengestellt hatten.

Außerdem hätte ich gerne eine Aufstellung der wichtigsten Ausgaben, wenn IBM wieder Ihre AS400 in einen Wartungsvertrag übernimmt und was das kosten würde.", wenn er die Informationen in der Zusammenstellung hat, kann er unabhängig von Thau arbeiten.

„Klar Herr Kortner, mache ich gerne!", Thaus Stimmung ist nun gehoben. „Das kann aber ein wenig dauern, weil ich einen Auftrag für Dr. Seligmann erledigen muss."

„Für den Großhandel oder für sein ... äh seine Geschäftsidee?", er hätte fast *Hobby* gesagt.

„Für die neue Idee, zu Arbeiten für den Großhandel komme ich kaum noch.", sagt Thau bedauernd.

Das muss er sich merken. Seligmann pflegt sein Hobby auf Kosten des eigentlichen Geschäfts. Fred sucht Gründe, um Seligmann *beiseite* zu nehmen.

Wenn man vom Teufel spricht ... „Anton, komm mal eben mit. Da gibt es eine Frage, bei deren Klärung du dabei sein solltest." Fred steht in der Tür. Anton hat kein Klopfen gehört. Langsam stinkt ihm das.

„Muss das jetzt sein? Ich habe auch zu tun.", sagt er unwirsch. Vor vielen Jahren sagte ihm mal eine Sekretärin, dass er nicht in der Lage sei, seine Laune zu verbergen, wenn er was oder jemanden nicht mag.

„Ja, Mensch! Es geht um ein Logistikproblem. Komm endlich!" Antons Zorn nimmt zu.

„Ja Herr Thau, Sie sehen, meine Kompetenz wird anderweitig dringender gebraucht, aber wir waren ja auch fertig oder?"

Thau versteht sofort, wie er es meint, und grinst. „Nee, nee, schon in Ordnung! Wenn noch was ist, dann rufen Sie mich einfach an. Für *Sie* habe ich mir selbst eine hohe Priorität eingeräumt und auch eingeräumt bekommen. Auf Wiedersehen, Herr Kortner!"

„Dann nutzen Sie doch bitte die *hohe Priorität*, um mir die Auftragsdaten schnell zu schicken!" sagt Anton schmunzelnd.

Auf dem Gang zischt er Fred an: „Ich denke, *du* bist der gewiefte Berater. Was meinst du, wie das bei Kundenmitarbeitern ankommt, wenn du meinst, den Chef rauskehren zu müssen. Damit schwächst du unsere Projektmannschaft. Auf sowas lauern doch die Leute nur. Unabhängig davon lasse ich mich von niemandem wie einen Schuljungen abkanzeln. Merk dir das!"

„Quatsch! Man muss alle anderen immer unter Druck halten, nur so liefern sie auch Leistung ab."

„Ich funktioniere anders! Lass' das demnächst!"

Sie sind nun in dem Büro, wo Fred mit dem ehemaligen Vertriebschef Heinz Rotterer zusammensitzt. Rotterer war im Hause von Dr. Seligmann *abgebaut* worden. Mit Mitte, Ende fünfzig ist es ein Problem, wenn man die Abteilungsleitung entzogen bekommt, mit dem offen geäußerten Argument, dass man seine Arbeit nicht ordentlich mache. Sowieso schon waidwund, hat Herr Rotterer nun einen roten Kopf, irgendwie hängen Stress und der Duft von Angstschweiß im Raum.

„Also Anton, du hast doch die Tourendaten der letzten Monate. Hast du die schon ausgewertet?", sagt Fred scharf. Anton merkt, dass Fred ihn in die Reihe der vermeintlichen Versager neben Rotterer stellen will.

„Grob bin ich da durch, aber ich werde sie noch mit den Aufträgen desselben Zeitraums zusammenspielen und analysieren. Warum?"

„Wie du weißt, habe ich das Talent, immer gleich das zu finden, was nicht stimmt. Ist dir da bei den Touren denn gar nichts aufgefallen?", sagt er triumphierend.

„Nein, da ist nichts Besonderes, jedenfalls habe ich nichts bemerkt"

„Na pass mal auf. Ich hab mir die Tourendatentabelle *eines Tages* von Rotterer genommen."

Er sagt tatsächlich *Rotterer*, ohne 'Herr' auch eine seiner Einschüchterungsmethoden. „Dann habe ich sie nach Tourennummern sortiert und pro Nummer die Kilometer addiert. Excel ist schon ein fantastisches Instrument, wenn man es beherrscht. Schau dir mal an, was bei Tour 1 rauskommt ... 728 km! ... an einem Tag! Da wäre es kein Wunder, dass überall verspätet geliefert wird. Das kann man doch gar nicht schaffen! Ich gehe allerdings davon aus, dass die Tabelle oberfaul ist, aber Rotterer besteht darauf, dass alles okay ist. Was meinst du?"

Herr Rotterer ist tief in den Stuhl gesunken.

„Stimmt, ist mir gar nicht aufgefallen."

„Mensch, muss ich mich denn um alles kümmern?", wird Fred jetzt sehr laut.

„Herr Kortner, sie wissen doch, was Tournummer 1 ist oder? Ich versuche, Herrn Baldow das schon die ganze Zeit zu erklären, komme aber nicht richtig zu Wort.", fleht ihn Heinz Rotterer mit brüchiger Stimme an. Man merkt, dass er sich sehr anstrengen muss, seine Angst und seinen Stress zu beherrschen.

Langsam kommt Anton in den Kontext, nachdem seine Gedanken noch bei Thau und seiner IT waren. „Ach klar! Tournummer 1, das sind doch die Innenstadttouren, die Sie mit eigenen Fahrzeugen machen, richtig?", sagt er leicht dahin.

„Genau!" Rotterers Stimme ist schon fester. „Ich hatte Ihnen ja gesagt, dass wir dazu eigene Fahrzeuge mit dem Seligmann-Aufdruck nehmen. Dr. Seligmann ist der Meinung, dass hier in der Stadt und nahen Umgebung der Name Seligmann präsent sein muss."

„Papperlapapp, Stadttour! Wie soll denn einer eine Tour von 728 km an einem Tag schaffen?" Fred hatte offensichtlich nicht zugehört.

„Lass uns mal eben zusammen einen Kaffee holen.", schlägt Anton vor. Gott sei Dank versteht er den Wink und sie gehen zur Teeküche.

„Mach doch bitte nicht so ein Fass auf! Hör' mir *einmal* gut zu. Allein bei dem Wort *Stadttouren* muss dir doch klar werden, dass die nie und nimmer 728 km lang sein können!"

„Ja und?", raunzt er zurück.

„Na ist doch klar, Herr Rotterer sagte doch auch Fahrzeug*e* im Innenstadtbereich. Beachte den Plural! Da die Innenstadttouren nicht durch Dienstleister sondern von eigenen Fahrern mit eigenen

Fahrzeugen gemacht werden, werden sie nicht in die Tourenauswertung übernommen. Sie verschwinden in den Gesamtkosten, schon weil es Seligmanns Idee ist. Für alle anderen Touren stellt der externe Dienstleister Rechnungen.

Tour 1 ist also eine Zusammenfassung aller Touren in der Stadt, die durch mehrere Fahrzeuge mit mehreren Fahrern mehrfach am Tag durchgeführt werden. Die fahren manchmal fünf Mal mit Medikamentenlieferungen pro Tag raus. Der Apotheker braucht nur zu husten.

Also die Excel-Tabelle vom Rotterer stimmt! Geh hin und entschuldige dich!"

„Spinnst du? Wer sich entschuldigt, klagt sich an." Das ist einer von Freds Glaubenssätzen!

Anton will nicht dabei sein, wenn Fred wieder in sein Gespräch geht.

„Das musst *du* wissen, aber ich muss jetzt los in die Kommissionierung. Ich bin verabredet, weil die Leute mir dort ein typisches Szenario vorbereitet haben."

Das stimmt zwar nicht, ist aber ein guter Vorwand, sich von Fred zu trennen.

4 The Ballad of Lucy Jordan

Dorothee ist seit langem daran gewöhnt, allein zu Hause zu sein. Anton hat einen Beruf, der ihn häufig auf Reisen schickt. Seit er sich vor ungefähr fünfundzwanzig Jahren selbstständig gemacht hatte, war das immer mehr geworden.

Dorothee und Anton haben jung geheiratet, der Sohn ist seit langem aus dem Haus und der Hund gestorben. Sie hat ihre Arbeit aufgegeben und seitdem das ganze Haus für sich. Es ist frühmorgens und sie liegt allein im Bett. Irgendwas nagt an ihr.

Wenn diese Stimmung hochkommt, hört sie Marianne Faithfuls „*The Ballad of Lucy Jordan*". Sie kann es schon auswendig und es gehen ihr die Zeilen durch den Kopf

The morning sun touched lightly
on the eyes of Lucy Jordan
In a white suburban bedroom
in a white suburban town

Hier, in diesem Vorort wohnen sie seit mehr als zwanzig Jahren und sind fünfundvierzig Jahre verheiratet.

As she lay there 'neath the covers
dreaming of a thousand lovers
Till the world turned to orange

and the room went spinning round.

Tausend Liebhaber? Sie ist ihrem Anton immer treu geblieben und vor ihm hat es Freunde, aber keine Lover gegeben. Was wäre denn anders mit einem Liebhaber? Hat sie was verpasst?

Soll sie liegenbleiben oder aufstehen? Irgendwann mal ging das los; sie wusste schon nicht mehr, wann das war.

At the age of thirty-seven
she realised she'd never
ride through Paris in a sports car

Und Dorothee singt nun
„with the one man that she loves",

doch richtig heißt es
with the warm wind in her hair.

Das mit dem warmen Wind in den Haaren hatten sie sich gemeinsam geleistet, als sie vor zwanzig Jahren ein Saab Cabrio gekauft hatten, aber in Paris waren sie damit noch nicht.

So she let the phone keep ringing
and she sat there softly singing
Little nursery rhymes she'd memorised
in her daddy's easy chair.

Dorothee singt das Lied von Lucy Jordan.

Her husband, he's off to work
and the kids are off to school
and there are, oh, so many ways
for her to spend the day.

She could clean the house for hours
or rearrange the flowers
or run naked through the shady street
screaming all the way.

Sie wird wohl nochmal das Wohnzimmer wischen und frische Blumen besorgen. Was kann sie heute sonst tun? Nackt durch Straßen zu laufen, ist nichts für sie.

At the age of thirty-seven
she realised she'd never ....

5 Zuhause

Endlich Freitag. Anton ist auf dem Nachhauseweg. Gut drei Stunden Fahrt, da hat er Zeit, sich alles durch den Kopf gehen zu lassen.

,Verdammt nochmal, warum habe ich keine andere Arbeit? Ich würde am liebsten den Scheissauftrag zurückgeben.'

Als er sich den aktuellen Kontostand seines Unternehmens BDL GmbH vor sein inneres Auge führt, ist klar, dass das nicht geht. BDL steht für „Beratung und Dienstleistung in der Logistik". Vor fast fünfundzwanzig Jahren hatte er sich selbstständig gemacht, fest davon überzeugt, dass ihm sowas nie passiert. Nie wäre er auf die Idee gekommen, dass es solche Zwangslagen geben kann und bis vor kurzem ist auch alles gut gegangen.

Anton muss da durch, wird weiterhin versuchen, sauber zu bleiben und so gut es geht, unabhängig von den beiden anderen zu arbeiten. Es ist Ende Oktober und zum Jahresende soll der Auftrag abgeschlossen sein. Irgendwie wird das schon gehen.

Da ist die Autobahnausfahrt. Gleich wird er Dorothee sehen, nach einer Woche. Im Auto läuft seine aktuelle Lieblings-CD „Tschaikowskys Violinkonzert", gespielt von Patricia Kopatchinskaja und MusicAeterna mit dem Dirigenten Teodor Currentzis. Nach etwa einer Minute kommt ein wunderschönes Stück, erst noch ruhig gespielt. Für ihn hört sich das ungefähr so an: Daa dat ta dadadadadaa dadaa, daa dat ta dadadadadaa dadaa, da dat tat ta, da dat tat da ...

Er singt leise einen Text mit, den er sich mal nach einer halben Flasche Rotwein ausgedacht hat. Er war verliebt und hatte sich vorgestellt, dass auch Tchaikovsky traurig oder voller Sehnsucht war, als er das komponiert hat. Es war wohl wirklich so, wie er später erfuhr.

Doch dann bei etwa fünf Minuten fünfzig wird dasselbe Thema nochmal sehr erhaben aufgefasst, so als würde eine Königin mit ihrer Entourage in einen Ballraum einziehen. An diese Königin wendet er nun seinen Gesang und schmettert laut seinen Text:

*Weißt du, **dass** ich dich liebe?*
*Oh, weißt du, **wie** ich dich liebe?*
Ich liebe dich, ich brauche dich
bitte rette mich,
sonst vergehe ich.

So gerne würde ich bleiben.
Ich will nicht, dass wir scheiden
Ich liebe dich, ich brauche dich,
bitte rette mich,
sonst vergehe ich,

ich sehne mich!

Bin sicher, dass ich dich liebe
und ersehne deine Liebe.
Bitte sieh mein Ich.
Verstehe mich.
Begleite mich.
Erfülle mich.
Ich liebe dich!

Schön, er ist zuhause angekommen. Dorothee steht in der Tür und begrüßt ihn herzlich. Das tut gut nach einer Woche in vergifteter Atmosphäre.

Innen läuft Marianne Faithful „*The Ballad of Lucy Jordan*". Anton gefällt das nicht. Vor vielen Jahren, ihr Sohn war gerade geboren, war er ohne Dorothee auf dem üblichen Betriebsfest seines damaligen Arbeitgebers in Berlin. Er übernachtete bei einem Berliner Kollegen. Dessen Frau spielte das Lied ständig. Sie wirkte wie abwesend und nichts konnte sie aufheitern. Zwei Monate später ließ sie sich von dem Kollegen scheiden.

Er mag dieses Lied, die Version von Dr. Hook and the Medicine Show gefällt ihm zwar besser, aber so oder so gehen bei ihm rote Lampen an, wenn er es von Dorothee gesungen oder gespielt hört. Er hat ein schlechtes Gewissen, weil er oft weg ist und ist er zu Hause, hat er manchmal eines, weil er Arbeit liegenlassen hat.

„Du, der Baldow hat gerade angerufen und mich gefragt, ob wir nächstes Wochenende schon was vorhaben."

Fred war schon Donnerstag nach Hause gefahren.

‚Scheisse! Das fehlt mir noch, den auch noch am Wochenende genießen zu müssen.'

„Was hast du geantwortet?"

„Die Wahrheit, dass wir nichts vorhaben. Da hat er uns zusammen nach Wien eingeladen. Donnerstagnachmittag hin und Montagmorgen zurück. Er zahlt alles!"

„Wien! Nobel! Hast du zugesagt?"

„Nein, ich wollte erst mit dir sprechen. Mir ist der unsympathisch, aber a) hältst *du* große Stücke auf ihn, b) weiß ich, dass er dir immer mal wieder Aufträge verschafft, ihr aktuell zusammenarbeiten müsst und c) kenne ich doch deine Wienliebe ..."

‚... *und d) ist meine Firma klamm. Ich bin auf Fred angewiesen. Ohne die laufenden und zukünftigen Aufträge von ihm muss ich den Laden bald zumachen.*

Aber ehrlich gesagt, will ich trotzdem nicht.' führt er ihre Aufzählung im Kopf fort.

Doro hat natürlich Recht. Er kann sich der Einladung schlecht entziehen. Sie bemerkt seine Unschlüssigkeit.

„Du kannst es dir bis morgen Abend überlegen, dann muss er wohl Hotel und Flüge reservieren, sagte er."

Da ist er noch nicht mal richtig durch die Tür und dieser Scheisskerl setzt ihn erneut unter Druck. Andererseits könnten sie sich unter Umständen mal weg vom Projekt wie ganz normale Bekannte unterhalten und die Stimmung wird danach vielleicht besser.

Wien ist wirklich seine große Liebe. Er und Dorothee sind schon etliche Male dorthin gefahren, zuletzt ein- bis zweimal pro Jahr.

Erst kürzlich hatte er ein Buch von Elias Canetti gelesen. *„Es gab so viel Gründe, nach Wien zu fahren, der Hauptgrund war Wien selbst".* schrieb der und hatte damit vollkommen Recht.

Und er wird Margret Baldow wiedersehen. Ob er sich nach über zwanzig Jahren erneut in sie verlieben wird? Vielleicht sollte er deshalb ablehnen?

Ach Quatsch, alles spricht dafür, zuzusagen. Bob Dylan sang *Don't think twice, it's alright!* und der ist immerhin Nobelpreisträger.

„Was meinst du, Doro, kannst du es vier Tage mit Fred aushalten oder geht das gar nicht?"

„Wie gesagt, ich mag ihn nicht. Er ist so von sich selbst eingenommen. Andererseits war das gemeinsame Essen damals ganz nett. Seine Frau war mir sympathisch. Ich werd's wohl überstehen." Dorothees Verhältnis zu Wien war mittlerweile ähnlich wie Antons geworden.

„Okay! Lass uns erstmal einen Kaffee trinken, dann rufe ich ihn an und sage zu. Wie ist es dir denn so gegangen?" Er verheimlicht ihr, dass sich seine Einstellung zu Fred Baldow erheblich zum Schlechten gewandelt hat.

-:-

„Baldow?"

„Hallo Fred, Anton hier. Dorothee hat mir ausgerichtet, dass du angerufen hast."

„Ja, stimmt! Ich würde euch gerne für das nächste Wochenende nach Wien einladen. Du hattest mir ja von Wien erzählt und das Fotobuch deines Bekannten, das du mir empfohlen hast, kenne ich auch. Ob du es glaubst oder nicht, Margret und ich waren noch nie in Wien. Ich bin da schon mal von einem Flieger zum anderen umgestiegen, aber die Stadt habe ich mir noch nie angesehen.

Da machst du den Fremdenführer! Ich habe schon vorgefühlt, das 'Bristol' liegt wohl ganz gut, was meinst du?"

„Das 'Bristol'! Jaaa, das liegt sehr gut, aber eigentlich geht's auch 'ne Nummer kleiner! In Wien gibt es jede Menge guter Hotels im Dreisternebereich."

„Nee, nee, das ist schon drin. Und fein, ich entnehme deiner Antwort, dass ihr zusagt? Weißt du, auf dem Weg nach Hause habe ich mir nochmal die letzten Tage durch den Kopf gehen lassen und meine, wir sollten auch mal privat was zusammen machen, damit es gut im Projekt läuft."

Neue Töne und seine Hoffnung scheint sich zu bestätigen.

„Ja, so einer Einladung kann man nicht widerstehen. Du wirst sehen, wie es in Wien ist. Schon nach kurzer Zeit ist jeder von der Stadt gefangen. Ich werde mir ein Programm überlegen.

Ach übrigens scheint meine Wienliebe von der Stadt erwidert zu werden, wir hatten bis auf wenige sehr kurze, schlechte Phasen immer fantastisches Wetter, egal wann wir da waren. Allerdings im November waren wir noch nicht dort.

Es ist sogar so, dass selbst Regen der Atmosphäre von Wien nicht schaden würde, wenn er nur nicht so nass wäre. Wien hat eine sehr morbide Seite und Regen unterstützt das. Aber wie gesagt, ich gehe davon aus, dass es schön und trocken sein wird, allerdings sehr kalt. Da herrscht Kontinentalklima und nach Osten raus ist eine riesige Ebene bis zum Ural, von wo aus der Wind ungehindert rein pfeifen kann. Nehmt also warme Sachen mit."

„Abgemacht! Margret freut sich auch schon. Sollen wir auch auf Kultur machen, Burgtheater oder Staatsoper? Ich besorge dann Karten."

„Zum Wienbesuch gehört für mich abends ein Heurigenbesuch. Wenn wir ins Theater oder in die Oper gegangen sind, waren wir immer fünf Tage dort. Einen Abend der Kultur zu widmen, würde die Zeit für das Sightseeing schmälern oder habt ihr schon etwas im Auge, was ihr sehen wollt?"

„An der Oper spielen sie sonntags ‚Così Fan Tutte' und eine Weltstar singt darin die Rolle der Fiordiligi. Die Noiret ist es, hast du schon von der gehört?"

Anton ist von den Socken, Fred ein Schöngeist und kulturell interessiert. Das wäre ihm nie in den Kopf gekommen.

„Was, Heléne Noiret singt die Fiordiligi und wer singt Dorabella?"

„Die wirst du nicht kennen, eine ganz junge Mezzosopranistin, Andrea Mazilescu. Mir sagt der Name nichts. Hört sich rumänisch an."

„Stimmt! Sie ist Rumänin und gerade mal dreißig oder einunddreißig. Die beiden Damen haben vor einigen Jahren mal in Dortmund zusammengearbeitet.

Das sieht schon anders aus, vielleicht sollten wir wirklich Karten holen, aber das übernehme ich. Ich habe eine entfernte Bekannte an der

Staatsoper, die kann uns bestimmt noch gute Karten besorgen. Ich nehme an, dass man so kurzfristig auf dem normalen Weg nichts Vernünftiges mehr kriegt."

„Gut, mach du das! Dankeschön! Also ich hab damit nicht so viel im Sinn, aber Margret schwärmt für Mozart."

,Margret, ach ja und Mozartfan; ein Berührungspunkt mehr! Wer weiß, was sich noch herausstellt?'

„Alles klar! Ich habe zu danken, Fred. Fährst du nächste Woche nochmal runter?"

„Ja, Dienstag bin ich in Worms der Bitter will unbedingt mit mir sprechen. Er tat sehr geheimnisvoll, mal sehen, was er hat."

Roland Bitter ist der Geschäftsführer von Knauerbruch. Soweit Anton es mitgekriegt hat, hat er Fred die Auftragnehmer-Konstellation empfohlen, in der sie dort arbeiten, um Freds Hausverbot zu umgehen. Der Name Baldow durfte keinesfalls an die Besitzerin von Knauerbruch durchdringen.

Fred und er mauscheln fleißig miteinander. Wenn man im kommerziellen Bereich arbeitet, hat man eher auf der obersten Ebene zu tun. Anton ist es ganz recht, dass er mit seiner Ausrichtung vor allem in der Werkhalle und im Lager ist. Die „Höhenluft", missfällt ihm. Da oben passiert mit einem eben sowas, wie er es an Fred bemerkt hat. Doch das Telefongespräch hat Anton einige seiner Vorbehalte genommen. Vielleicht ist es nur Freds *Job-maske*, die er in Groß-Gerau gezeigt hat.

„Ich wünsche dir viel Erfolg dabei. Ich werde Dienstag bei Holzmeyer sein." Dort hatte Fred ihm auch einen Auftrag vermittelt, der schon einige Jahre lief und mit dem Anton das „Grundrauschen" für BDL einnahm. „Also nochmals vielen Dank und wie und wann wir uns treffen, machen wir noch aus!"

Dieser Wienbesuch wird bestimmt etwas Besonderes, da ist er sicher. Wie besonders wird sich noch zeigen.

6 Alle Wege führen nach Wien

Schon Dienstag erhielt Anton die Flugkarten per Mail von Fred. Businessclass, Donnerwetter, aber mal wieder total übertrieben. Menschen wie Fred neigen wohl dazu. Anton und Dorothee sitzen im Auto auf dem Weg nach Düsseldorf.

„Ehrlich gesagt, fahre ich mit gemischten Gefühlen." Das merkt er Dorothee an und ihm geht es ähnlich.

Er hat ihr bisher nichts von seinen Vorbehalten gegenüber Fred gesagt, schon gar nicht von dessen Swinger-Ambitionen. Er will der Beziehung zu Fred eine Chance lassen und ohne Vorbehalte die Reise antreten. Wie auch immer, entweder wird es eine schöne Reise und sie arbeiten danach besser zusammen oder es knallt, dann wäre wenigstens alles geklärt. Sie müssten dann irgendwie das Projekt abschließen und auf zukünftige Zusammenarbeit würden sie verzichten. So leicht stellt er sich das vor.

„Die Frau Baldow war dir doch sympathisch oder? Halte dich einfach verstärkt an sie."

„Ja, das habe ich mir vorgenommen. Hatten wir uns eigentlich damals geduzt?"

„Nee, damals waren wir per Sie. Fred hat doch danach mal bei uns übernachtet, als er Staller verlassen hat. Da haben wir noch *Sie* gesagt. Erst kurz bevor er mir den Job bei Holzmeyer verschafft hat, haben wir uns gegenseitig das Du angeboten. Aber stell dich bitte nicht an, wenn es zum Du kommen sollte. Ich hoffe, dass wir einen harmonischen Wienbesuch haben werden."

„Hast du dir schon ein Programm ausgedacht? Mir scheint, dein *Freund* Fred erwartet das."

„Solange sind wir gar nicht dort und einen Abend geht's in die Oper. Ich nehme an, dass wir das restliche Programm spontan gestalten können. Ich hab sowieso keine Ahnung, was den beiden gefallen könnte. Wird schon klappen!"

Sie hatten den Flughafen erreicht und checkten ein. Im Flugzeug in der ersten Reihe erhielten sie permanent irgendwas zu Essen oder zu Trinken. Es gefiel ihnen, so umsorgt zu werden.

-:-

Nach einem sehr ruhigen Flug sind sie nun in Wien und gehen durch den Ausgang zur Ankunftshalle. Die automatische Tür öffnet sich und er sieht Fred, der auf sie wartet. Seine Frau steht neben ihm. Sie sieht immer noch toll aus, groß, fast eins achtzig, schlank mit einer rotbraunen, glänzenden Mähne voller Locken. Ja, Anton wird sich wohl wieder verlieben, wie es scheint.

„Na, wie war der Flug?" Fred gibt ihm die Hand. „Hallo Frau Kortner, haben die sich im Flieger Mühe gegeben, Sie zu verwöhnen?"

Fred hält Dorothees Hand in seiner und schaut sie scheinbar mit großem Vergnügen an. Den Blick kennt Anton. So geht er alle weiblichen Bekanntschaften an, bei denen ihm die Bekannte gefällt.

Dorothee reagiert wie immer ein wenig abweisend darauf. Anton muss die Situation auffangen und wendet sich sofort zu Fred.

„Seid ihr schon lange da? Guten Abend, Frau Baldow! Lange her, dass wir uns zuletzt gesehen haben. Aber Ihnen hat die Zeit nichts angetan, im Gegenteil."

„Sagte ich doch, Margret sieht immer noch gut aus," und wieder dieses meckernde Lachen „aber Sie auch Frau Kortner. Anton sieht man sein Alter an, aber Sie sehen fast aus wie damals, als wir in Köln zusammen gegessen haben."

Dorothee ist das sichtlich peinlich. Anton merkt, wie sie sich innerlich windet.

„Ja, wir sind schon heute Mittag angekommen. Als Quartiermeister muss ich doch prüfen, ob im Hotel alles okay ist. Das 'Bristol' ist tatsächlich sehr gut, jedenfalls was ich bisher gesehen habe. War schon richtig, dass ich mich nach oben orientiert habe. Wirst schon sehen!

So nun kommt, ich habe einen Mietwagen genommen und der steht vor der Tür."

Er nimmt Anton den Koffer ab und geht vor. Anton folgt ihm, Margret und Dorothee unterhalten sich und sind hinter ihm.

BMW GT, klar! Dasselbe Auto was unser Kunde Roland Bitter auch fährt. Anton gefällt das Ding nicht, zu groß und zu protzig für seinen Geschmack.

Fred hat den Koffer schon verstaut und sie sitzen im Wagen, die beiden Frauen hinten und er neben Fred auf dem Beifahrersitz.

Fred fährt wie ein Verrückter, drängelt und ist immer zu schnell. Gut, dass Dorothee das hinten nicht so mitkriegt.

An der Rezeption werden sie äußerst höflich empfangen. Man gibt Anton einen Umschlag, den seine Bekannte, Belinda Karan für ihn geschickt hat. Wiener Staatsoper Reihe 5 Mitte „Così Fan Tutte". Nicht schlecht!

„Unsere Opernkarten für Sonntagabend sind das. Frau Karan hat nicht zu viel versprochen. Bei der werde ich mich noch ordentlich bedanken."

Natürlich eine Junior-Suite, die Fred gebucht hat. Eine Flasche Sekt steht in einem Kühler auf dem Tisch und daneben eine Vase mit einem Strauß schöner weißer Rosen.

„Der ist ja bekloppt!", sagt Dorothee. „Was für ein Theater für die paar Stunden, die wir hier mit meist geschlossenen Augen verbringen werden."

„Ja, er neigt zum Luxus. Komm, lass uns schnell auspacken und dann fahren wir am besten zur 10er Marie. Da ist es zwar schon ein wenig Schicki Micki, aber es geht noch und Fred braucht das."

-:-

Margret und Fred Baldow sitzen in der Bar an einem kleinen Tisch mit vier Sesseln. Da steht ebenfalls eine Flasche Champagner mit vier Gläser.

Als wir zum Tisch kommen, steht Fred auf und schiebt Dorothee den Sessel unter. Dem Kellner schnippt er mit Daumen und Zeigefinger kurz zu, „Würden Sie uns bitte einschenken!" Tja, die ganz große Nummer zieht er ab.

„Mir bitte keinen Sekt. Eine Cola wäre mir lieber." Bei Dorothee zieht das überhaupt nicht, im Gegenteil.

„Das ist kein Sekt, sondern Champagner. Den sollten Sie wenigstens probieren."

„Dorothee trinkt seit der Schwangerschaft keinen Tropfen Alkohol mehr. Er bekommt ihr nicht.", beeilt Anton sich zu sagen.

„Ich hatte mir gedacht, wir sollten alle per Du sein und dazu ist Champagner das einzig mögliche Getränk. Geben Sie sich einen Ruck, bitte!"

„Na ja, dann will ich keine Spielverderberin sein."

Kaum sind die Gläser vom vorbildlich arbeitenden Kellner gefüllt, steht Fred auf.

„Also, wie ich schon sagte, meine ich, dass wir uns duzen sollten. Schließlich verbringen wir das Wochenende hier im schönen Wien miteinander und da passt das mit dem Sie überhaupt nicht. Was meint ihr?"

Er geht direkt auf Dorothee zu und versenkt seine Augen in ihre. Anton versucht, es ihm gleich zu tun und wendet sich an Margret.

„Anton!"

„Margret"

Sie legen die Wangen aneinander und hauchen einen Kuss in die Luft.

Aus den Augenwinkeln sieht Anton, dass Fred versucht, Dorothee auf den Mund zu küssen, doch die dreht den Kopf in allerletzter Sekunde zur Seite. Es wird ein verunglückter Kuss auf ihre Wange.

Margret springt ein. Es scheint, als ob sie eine Peinlichkeit vermeiden will. Sie nimmt sofort Dorothee in die Arme und drückt ihre Wange an ihre.

„Liebe Dorothee, ich heiße Margret!"

Sie stoßen mit dem Champagner an, Fred und Anton ebenfalls.

„So, nachdem wir den offiziellen Teil abgeschlossen haben, würde ich vorschlagen, wir machen uns auf den Weg zu einem Heurigen. Was meint ihr.", er schaut Margret und Fred an.

„Klar, dachten wir uns schon. Kennst du einen guten?"

„Ja, ich nehme an, dass ihr es nicht so ganz urig haben wollt. Ich hab an die 10er Marie in Ottakring gedacht. Ich werde mal an der Rezeption darum bitten, dass sie uns einen Tisch reservieren. Bleibt doch noch ein wenig sitzen, damit ich das klären kann."

-:-

„Es geht klar. Wir haben einen Tisch in einer Dreiviertelstunde dort. Das schaffen wir gut mit der Bim!"

„Was ist denn eine *Bim*?", fragt Margret.

„Das ist die Straßenbahn. In Wien wird sie Bim genannt, wahrscheinlich wegen der Glocke."

„Wir nehmen den Wagen, dafür hab ich ihn ja gemietet!" Fred zieht den Schlüssel aus der Tasche.

„Nein, bitte, lass uns die öffentlichen Verkehrsmittel nehmen. Du wirst sehen, das hat seine Vorteile. Man meint zwar, es ginge langsam, aber man sieht was von der Stadt. Die Atmosphäre in den Straßenbahnen gehört irgendwie dazu, man braucht keinen Parkplatz zu suchen und kann auch was trinken."

„Dorothee kann doch zurückfahren, wenn sie sowieso nichts trinkt."

„Auf keinen Fall, ich bin nachtblind und dann in einer Stadt, in der ich mich nicht auskenne, ein Auto, mit dem ich mich nicht auskenne, zu fahren, das geht gar nicht."

„Komm Fred, es ist die Linie 2, die direkt hier vorm Haus losfährt und in der Nähe von unserem Heurigen hält. Fahrscheine hab ich schon."

Der Champagner war wirklich gut. Zu dritt hatten sie ihn schnell geleert und nun ging's vor die Tür zur Haltestelle.

Auf der Anzeige war zu lesen, dass die Bahn in 3 Minuten käme. Von da aus, wo sie stehen, sieht Anton einen Mann, den er vor langer Zeit dort schon einmal gesehen hatte. Er fiel ihm damals auf, wegen der *Kontraste*, die er bot.

Er sitzt auf der Bank und schläft. Zwischen ihm und dem noblen Bristol steht ein schwarzer Mercedes der neuen S-Klasse. Der Mann trägt einen dicken grauen Wollmantel, genau wie damals. Jetzt ist er schon etwas abgetragener, aber noch immer hat er blank geputzte, tadellose, braune Schnür-

schuhe an. Neben ihm auf der Bank eine abge-
schabte Billa-Plastiktüte und auf dem Boden vor
ihm zwei fast leere Flaschen, Schnaps und Hugo
oder sowas ähnliches.

Anton hat sich schon damals vorgestellt, dass
der Schlafende vor wenigen Minuten aus dem
Mercedes gestiegen und an den Kofferraum gegangen wäre, um die Billa-Tüte mit den Flaschen
rauszunehmen. Er schließt den Wagen ab, setzt
sich wie ein Obdachloser auf die Bank und trinkt
die Flaschen leer, bevor er einschläft.

Kontraste sind das, Billa-Tüte und Flaschen, tadellose Schuhe und abgetragener Mantel, Mercedes und schlafender Trinker auf der Bank vorm
noblen Hotel Bristol.

Die Bahn kommt, sie steigen ein und Anton ent-
wertet zwei 8-Tage-Klima-Karten, von denen er
eine Fred gibt. Es ist leer und sie finden zusam-
menhängende Sitze.

„Achtet mal auf die Ansagen. Diese Stimme
strahlt eine unheimliche Melancholie aus, finde
ich. Leider ist sie schon größtenteils durch neue
Ansagen ersetzt worden." Anton mag diese Stimme sehr, die nun „Dr.-Karl-Renner-Ring" in un-
nachahmlicher Weise ansagt. Es ist ein Genuss, die
besondere Betonung der vielen *R* zu hören.

Fred hält seine Hände bei sich im Schoß. Ihm scheint das Fahrzeug nicht sauber genug zu sein. Sein Gesicht drückt Missbilligung aus.

„Fred, werde locker. Lass dich auf Wien ein. Du wirst sehen, das tut gut. Sigmund Freud hat anderen empfohlen, eine Runde um den Ring zu fahren, dann ginge es einem, egal was man hat, schon wesentlich besser. Rund um den Ring geht leider nur mit Umsteigen oder einer Touristik-Bim, aber ein Stückchen Ring, drei-, viermal am Tag genommen, hilft auch."

„Du bist Wien verfallen, Anton oder?" Margret gefällt, was er gesagt hat. Ihm war aufgefallen, dass auch sie den Obdachlosen auf der Bank verwundert gemustert hat.

„Ja, das ist das richtige Wort *verfallen*, aber in einem ganz und gar positiven Sinn. Es mag Einbildung sein, aber Wien wirkt Wunder bei mir. Stress, Sorgen und vermeintlich Wichtiges treten in den Hintergrund. So verstehe ich auch das, was Freud gesagt haben soll und gebe ihm Recht."

„Kann ich gut verstehen!" Margret lächelt ihm zu.

„Stadiongasse", sagt Antons melancholischer Freund, dem er stundenlang beim Ansagen von Haltestellen zuhören könnte.

„Schaut euch die Gebäude an. Das *Theater an der Josefstadt*. Diese alte Apotheke und gleich sieht man einen Scheinwerferverleih *Saturn*. Das war womöglich die Wiege von Saturn, wie wir es jetzt kennen." Alle lachen. Denn es ist ein sehr altes Haus mit blinden Schaufenstern und verblichenen Schildern darüber.

Die Straßenbahn nähert sich einer Kirche. Sein melancholischer Freund sagt:

„Sandleitengasse"

„Wir sind da! Nur noch ein paar Minuten zu Fuß."

7 Donnerstagabend

Der Heurige 10er Marie ist einer der ältesten in Wien. Er teilt sich in zwei große Gasträume auf, da früher an dieser Stelle zwei Heurige waren, die fusionierten.

Im einen Raum ist das typische Heurigen-Buffet mit dem einfach gestalteten Gastraum. Im anderen ist die Ausstattung gehobener. Dort sollte ihr reservierter Tisch sein, weil dort auch nicht geraucht wird, aber es hat einen Fehler bei der Reservierung gegeben. Das ist für Anton gar nicht schlimm, denn wenn schon Heuriger, dann auch richtig. Fred rümpft zwar anfangs die Nase, aber schnell greift die warme, rauchige und weinschwangere Atmosphäre auch auf ihn über. Die Kellnerin nimmt die Bestellung auf.

„Was trinkt man hier?" Fred schaut sich um und mustert die umgebenden Tische. Sie sitzen gegenüber dem angenehm bullernden Kachelofen. Die beiden Frauen genießen das.

„Ich mache die Bestellung. Wer möchte Wein? ... Du auch Margret? Okay! Also bitte bringen Sie uns einen roten Most, einen Liter Heurigen und zwei Liter Soda."

Die Kellnerin schreibt alles auf einen schmalen Kellnerblock, wie es ihn in Deutschland schon lange nicht mehr gibt. Sie reißt den Zettel ab und steckt ihn in ein Glas auf dem Tisch.

„Essen Sie vom Buffet oder soll ich Ihnen Schnitzel oder Henderln bringen?"

„Wir gehen erstmal, uns das Buffet ansehen. Was haltet ihr davon?"

„Also ich nehme auf jeden Fall ein Surschnitzel mit Kartoffelsalat!" Dorothee liebt Surschnitzel. Anton eigentlich auch, aber heute ist ihm nach Buffet. Die Bedienung wiederholt „Einmal Sur mit Erdäpfelsalat, gerne!"

Kurz nachdem sie vom Buffet mit zwei vollgestellten Tabletts zurück sind, kommt auch das Surschnitzel.

Das Essen vom Buffet ist deftig, Hausmannskost und lecker zum Beispiel Kümmelbraten mit Bratensaft, Semmelknödel und Sauerkraut. Der Wein passt dazu und der Kachelofen sorgt für mehr Wärme als nötig.

-:-

Die Zeit fliegt. Sie haben schon den zweiten Liter Wein auf dem Tisch, diesmal ist es Blauer Zweigelt. Ein richtig schöner Abend. Fred ist charmant zu Dorothee, vielleicht ein bisschen zu charmant, er kann sehr gewinnend sein. Dorothee scheint nichts dagegen zu haben. Anton fängt Blicke von ihr auf, die wenigstens Sympathie signalisieren. Er denkt an die „Ballad of Lucy Jordan" und macht sich Gedanken. Quatsch, auf Dorothee kann er sich verlassen, seit über vierzig Jahren.

Er unterhält sich mit Margret über Oper und Theater. Sie liegen auf derselben Wellenlänge. Immer wieder geht ihm durch den Kopf, wie begehrenswert sie ihm erscheint. Er ist gar nicht anders dran als Dorothee! Fehlt ihm am Ende auch was?

Es ist schon nach zehn Uhr. Dorothee ist müde.

„Also ich würde gerne zurück ins Hotel und mich schlafen legen. Die Reise steckt mir noch in den Knochen."

„Ich schließe mich an.", beeilt sich Margret zu sagen.

„Und du?" Fred schaut ihn unternehmungslustig an.

„Ich hätte noch Lust auf einen Absacker am Gürtel."

„Wie am Gürtel?"

„So heißen einige Straßenzüge die sich in einem Dreiviertelkreis durch ganz Wien außen um die „einstelligen" Bezirke 3. bis 9. ziehen.

Pass auf, wir fahren alle zusammen mit der Bim zurück bis zum Lerchenfelder Gürtel, dort verlassen wir unsere Mädels und gehen von da aus auf dem Streifen zwischen den Fahrbahnen. Auf diesem Streifen laufen U-Bahn-Linien auf einem erhöhten Damm. Die gemauerten Bögen werden dich bestimmt an einen anderen Ort erinnern. Darin gibt es zum Teil Geschäfte und vor allem Gaststätten, Cafés und Restaurants."

Dabei denkt Anton an einen Abend mit Fred in Berlin. Sie hatten sich in einer Bar in ebenso einem gemauerten Bogen unter einer Bahnstrecke getroffen, kurz was getrunken und sind dann in eine Disco ganz in der Nähe gegangen. Er meint, das wäre in der Nähe vom Lützower Platz gewesen. *Lützower Platz*, hatte da nicht Herr Lehmann, in dem Buch von Sven Regener die denkwürdige Begegnung mit dem Hund?

In der Disco hatten sie zwei Mädels kennengelernt. Er hat sich sehr ernsthaft mit dem einen unterhalten, während Fred mit dem anderen zeitweise verschwunden war.

Während ihm das durch den Kopf geht, sind sie schon fast am Gürtel angekommen und verabschieden sich von Dorothee und Margret, die weiter zum Hotel fahren.

8 Gürtelröschen

Die Straßenbahn hält unter den U-Bahngleisen an der U-Bahnstation „Josefstädter Straße". Fred und Anton steigen aus.

„Soll'n wir da nicht mal reingehen?" Fred hat sich umgedreht und zeigt in Richtung Weinhaus Sittl.

„Sieht urig aus, ne? Ist es auch, Dorothee und ich waren mal drin und damals war es uns *zu urig*. Aber jeder verdient eine zweite Chance. Ein Bier können wir da trinken, mal sehen, vielleicht hat sich was geändert."

Als sie durch die alte Tür gehen, stehen sie vor einer dicken, schweren Filzdecke, die als Windfang an einer goldenen, bogenförmigen Stange über der Tür wie ein Vorhang hängt. Den Vorhang zu berühren und beiseite zu schieben, kostet Anton Überwindung.

Der Gastraum ist fast leer, nur an einem Tisch sitzt ein Pärchen Mitte, Ende Fünfzig. Beide übergewichtig mit runden, roten Gesichtern. Er trägt ein Nyltest-Hemd mit Krawattenmuster auf weißem Grund und einen weinroten Pullunder darüber. Sie trägt ein beiges Jersey-Oberteil mit einem Frauengesicht, das mit Glimmerflöckchen den riesigen Busen betont. Rund um den Kragen läuft eine Art rosa Pelz oder Federboa. Ihre Haare sind hellblond gefärbt mit einem breiten dunklen Ansatz am Scheitel. Bei ihrem Anblick fällt Anton der Maler und Grafiker Deix ein.

Fred hat ihm die Hand auf die Schulter gelegt und zieht ihn zurück. „Ich glaube, die zweite Chance ist auch verrissen oder?", sagt er.

Anton lässt den Filzvorhang wieder zurückschlagen, dreht sich um und sie schließen die Tür von außen.

„Aber das ist ein typisches, altes Wiener Beisl. Wenn du richtig in die Volksseele eintauchen willst, musst du dir sowas ansehen."

„Nee, nee, so tief denn auch nicht. Sowas gab's früher bei uns im Wedding in der Eckkneipe. Heute muss ich mir das nicht mehr antun." Fred schüttelt sich. „Ich könnte da weder was trinken noch essen."

Sie gehen zurück Richtung Josefstädter Straße und dann nach links auf dem Hernalser Gürtel. Anton hätte eine andere Richtung wählen sollen, aber außer bei Sittl und mit der Bim war er nie hier. Sie kreuzen die Alser Straße.

„Ej, Alser Straße? Da habe ich was im Netz gesehen. Hier muss es ein nettes Lokal geben. Lass uns da mal runter gehen." Fred wird ganz aufgeregt. Offensichtlich hat er sich informiert und will Anton doch nicht die komplette Reiseleitung überlassen. Fred pflegt immer informiert zu sein. Er überlässt nichts dem Zufall. Daran hätte Anton denken sollen, aber er nimmt es immer noch nicht gesondert wahr.

„Mir ist alles recht, ich kenne hier sowieso nichts." Noch ein Fehler!

Sie gehen 400 Meter runter in Richtung Altes AKH und Fred bleibt vor einem Lokal mit Namen *Mirakel* stehen.

Vor der Tür stehen zwei sehr geschminkte Damen mit sehr kurzen Röcken, der eine aus schwarzem Leder, der andere aus Jeansstoff und sehr engen ärmellosen Rollis als Oberteile. Was bei der einen darunter hervorsticht, lässt Anton an den Gesetzen der Statik zweifeln. Sie hat ihre blonden Haare hochgesteckt, was wie eine helle Bärenfellmütze der Wache vorm Buckingham Palace oder wie ein Bienenkorb aussieht. Die Frisur hat er nach den 1970ern selten gesehen.

Ihre Kollegin hat langes, lockiges, rotbraunes Haar und ist einen Kopf größer als die Blonde. Beide mustern Anton und Fred mit einem arroganten Gesichtsausdruck von oben bis unten, ziehen an ihren Zigaretten.

Man hört den Wortfetzen *Piefke*. Sie haben die zwei Männer gleich richtig einsortiert. Doch sie lächeln, denn für sie sind Piefke vor allem gut zahlende Kunden.

„Kommt's rein, ihr beiden. Hier läuft eine heiße Party! Ist zwar privat, aber es fehlen Männer und ihr seid's doch welche oder?" Die Blonde fackelt nicht lange. Fred ist schon mit der Hand an der Tür.

„Komm Fred, lass sein, einen Absacker wollte ich schon, aber nicht in einen Puff gehen. Lass uns woanders schauen!" Anton mag diese Atmosphäre überhaupt nicht und das hat ihn all die vielen Jahre seines Lebens aus diesem Milieu rausgehalten.

„Sag ich's doch, Piefke! Bua, das heißt *das* Puff nicht *der*! Jedenfalls wenn du bei uns bist. Stell dich nicht so an, als wärst du noch nie ins Puff gegangen. Abgesehen davon ist das hier keiner, sondern ein Lokal, das man für Partys mieten kann. Hauptsache man ist über achtzehn. Schau's dir wenigstens mal an.", säuselt die Rote mit leiser Altstimme.

„Also ich bin die Sissi (passt) und das ist meine Freundin Mizzi und ihr?" Sie zeigt dabei erst auf sich und dann auf die Blonde.

Fred antwortet eifrig „Ich heiße Fred und das ist Anton, mein Freund!"

Mein Freund? Das muss er sich noch überlegen. Fred will ernsthaft da rein. Wie kommt Anton aus der Nummer wieder raus?

Fred hat die Tür schon aufgedrückt und sie gehen zu viert rein. Im Eingang sieht er ein Schild mit Aufschrift „*Selbstverständlich sind Sonderverein-barungen jederzeit nach gemeinsamer Absprache möglich.*"

Anton überlegt, was mit *Sondervereinbarungen* gemeint ist. Manches von dem, was ihm einfällt, möchte er keinesfalls in Anspruch nehmen.

Innen tobt die Party, er hört laute Musik, allerdings nicht nach seinem Geschmack. Hört sich an wie Garagenpunk auf Geigen gespielt.

Sissi klärt ihn unaufgefordert auf: „Die haben sogar die *Arschgeigen* engagiert!". Der Name passt jedenfalls.

Sie geht vor und lotst sie in den Raum wo die Band spielt. Kaum noch auszuhalten, aber er hat Glück. Der Sänger hört gerade auf und verabschiedet sich. Sie nehmen ihre Instrumente und verlassen das Podest und er sieht nun eine von diesen Tabledance-Stangen mittendrauf.

Kaum ist das Schlagzeug weggeschoben, hängt auch schon Mizzi an der Stange. Er hat gar nicht bemerkt, dass sie sie verlassen hat. Das, was sich unter dem Rolli andeutete, bestätigt sich jetzt eindrucksvoll. Sie trägt nur noch einen Tanga, auf ihren Brustwarzen sind fünfzackige Sterne mit Quasten aus seidigen Fäden befestigt.

Irgendwie hat sie in Rock und Pulli etwas drall gewirkt, aber bis auf eine enorme Oberweite ist sie recht schlank und man sieht, dass sie das, was sie vorführen will, oft trainiert hat. Ihre Beine sind sehr muskulös, so wie er es schon bei Balletttänzerinnen gesehen hat. Mit Leichtigkeit und Anmut bewegt sie sich an der Stange. Wäre sie in einem Trikot, ginge ihre Show als akrobatische Vorführung von hohem Rang durch.

Mittlerweile hat sich eine dichte Traube von hechelnden Männern rings um das Podest gebildet. Dauernd steckt irgendeiner der *Groupies* einen Geldschein unter Mizzis Tanga.

Sissi hat uns derweil einen Tisch besorgt und darauf steht ein Sektkühler mit Flasche drin und vier Gläsern rings rum.

„Na, gefällt's euch? Mizzi macht das als Sport. Es gibt regelrechte Meisterschaften im Poledance. Sie ist seit drei Jahren ununterbrochen Niederösterreichische Meisterin und letztes Jahr war sie zweite bei den Österreichischen Meisterschaften."

Anton ist sehr erstaunt und ihm geht wieder einmal durch den Kopf, dass man manchmal zu schnell vom Äußeren auf den Menschen dahinter schließt.

Als Mizzi kommt, prosten sie sich mit dem Sekt zu, den Fred gekonnt geöffnet hat. Gar nicht mal schlecht, er ist auf den Preis gespannt. Sie ist wieder in ihrem Rolli und dem kurzen Lederrock.

Dann ist Sissi verschwunden und tritt ebenfalls an der Stange auf. Was sie macht, ist sensationell und noch besser als die Show von Mizzi. Entsprechen reißt auch fast ihr Tangahöschen von den vielen Geldscheinen.

Alle Räume sind irgendwie *schwül* eingerichtet. Zum Teil sehr alte verschnörkelte Möbel, viel Gold, viel Samt und an den Decken Hunderte von LEDs.

„Kannst dich beruhigen, Anton. Das hier ist kein Puff, war es aber früher. Es gab vor einiger Zeit eine Gesetzesänderung und schärfere Anordnungen die Hygiene betreffend, was vielen kleineren Lokalen hier am Gürtel oder in der Nähe davon die Grundlagen entzogen hat. Nur die großen Puffs haben überlebt und die sind an der Peripherie. Das *Mirakel* hat man aber absichtlich so eingerichtet gelassen und es wird nun an private Interessenten vermietet. Da prickelt's beim Steueramtmann in der Hose und der Herr Kolonialwarenhändler bekommt wohlige Schauer." Mizzi grinst mit einem zynischen Zug um den Mund.

„Da alles im Privaten bleibt, kann sich nun Ähnliches tun, wie früher in den Puffs. Die Vermieter stellen alles bereit, gehen auf Wunsch *Sondervereinbarungen* mit dem Mieter ein und alles findet hinter verschlossenen Türen statt. Kein Hahn kräht danach!

Heute ist es die Geburtstagsparty von Michi, den ihr dort drüben mit dem silbernen Hütchen seht. Sissi und ich gehören zu den Sondervereinbarungen, genau wie die Arschgeigen. Unsere Acts sind aber das Gewagteste was hier heute Abend geplant ist. Was danach oder in den Nebenräumen passiert, ist natürlich was anderes."

Michi ist eine Art Lustgreis von circa siebzig Jahren. Rund wie eine Kugel mit zwei dünnen, kurzen Beinen darunter. Er ist sonnengebräunt, seine Haut sieht aus wie altes, trockenes Leder. Er lüftet den Hut, darunter hat er kurze gelbblonde, hochgegelte Stoppelhaare. Sein grellbuntes Hemd mit Schriftzug Camp David ist bis zum Bauchnabel aufgeknöpft und man sieht mehrere schwergoldene Ketten und Kettchen auf grauen und weißen Kräuselhaaren.

Er muss seinen Namen gehört haben, denn er kommt zu ihrem Stehtisch.

„Ich bin Michi, Freunde. Ich kenne euch noch nicht oder sollte ich? Kennt ihr den - Was ist der Vorteil bei Demenz? … Man lernt dauernd neue Leute kennen." Er lacht wie ein Wahnsinniger, Sissi, Mizzi und Anton auch verhalten, aus Höflichkeit. Fred meckert lauthals!

„Nein, wir sind neu. Das ist Fred und mein Name ist Anton. Sissi und Mizzi haben uns umgarnt und reingelockt. Ehrlich gesagt, sind wir nicht eingeladen."

„Mach dir keinen Kopf, Toni. Poasst scho'. Ihr seid meine Gäste. Die beiden haben schon gemault, weil alle Herren hier mit ihren besseren Hälften gekommen sind. Lasst's euch gut gehen und passt's auf eure Unschuld auf!" Er lacht wieder mit tiefer, grölender Stimme, haut Anton auf die Schulter und geht zu einem anderen Tisch.

Antons Laune hat sich stark gebessert fast genau in dem Maße, wie sie sich bei Fred verschlechtert hat. Er wollte offensichtlich *ins* Puff und hier geht's sittsam zu.

„Na, da hast du ja nochmal Glück gehabt, aber freu dich nicht zu früh. Heute Abend verlierst du deine Unschuld!", flüstert er Anton ins Ohr. Wieder dieses meckernde, hässliche Lachen. Da ist er wieder der *Mr Hyde*.

Langsam reihen sich Begebenheiten aneinander, die Anton Angst machen. Vieles von dem, was ihm von Fred bisher *geboten* wurde, bekommt einen Plan und einen vollkommen neuen Sinn.

Sissi ist zurück. „Mit Verlaub, Mizzi, aber das was Sissi gezeigt hat, war noch'n Zacken besser, finde ich."

„Passt scho', Anton! Sissi ist ja auch Österreichische Meisterin im Poledance. So wird unser Sport genannt. Das ist echter Sport, wenn es für Außenstehende auch einen anrüchigen Charakter haben mag."

„Ach so, Sissi sagte mir, dass du zweite geworden bist, aber mit keinem Wort hat sie von ihrem Titel gesprochen."

„Mich macht es verlegen, wenn um mich so ein Gewese gemacht wird. Lasst uns das Thema wechseln." Sissis Wangen sind rot geworden. Er sieht sie an und stellt fest, dass sie unter ihrer vielen Schminke zum Verlieben schön ist. Wieder mal!

Beide Mädels sind sympathisch und auf ihre Art sehr anziehend. Es macht ihm Spaß, mit ihnen zu plaudern.

Doch als dann die Arschgeigen wieder losfiedeln und trommeln, fängt Fred zu maulen an.

„Ist ja schön und gut, hier für lau zu saufen, aber ich hatte mir eigentlich was anderes vom Abend versprochen und diese Musik geht gar nicht. Was meint ihr, sollen wir noch um die Häuser ziehen? Kommt ihr beiden mit, Mizzi, Sissi?"

„Jungs, entschuldigt ihr uns bitte? Wir müssen unsere Näschen pudern." Mizzi steht auf, nimmt ihr Handtäschchen und zieht Sissi mit. Beide verschwinden Richtung Damentoilette.

-:-

„Sag mal, wie war das gemeint, *du wirst heute Abend schon noch deine Unschuld verlieren*? Du weißt genau, dass ich kein Freund von solchen *Vergnü-gungen* bin!", zischt er nun Fred an.

Der grinst fies zurück: „Ja meinst du denn, ich lade euch nach Wien ein, hau alles raus, was gut und teuer ist und es kommt im Extremfall zu einer Partie Mau Mau?" Er lacht „Ich will meinen Spaß haben und du sieh mal zu, dass deine Dorothee mitmacht. Du weißt, was ich meine. Spätestens übermorgen Abend werden wir nach meinen Wünschen gestalten! Und ich rate dir dringend, lass es heute Abend schon mal probeweise krachen, dann wird's dir leichter fallen!"

Oh ja, nun weiß er den Grund der Reise. Fred hat versucht, ihm seine *Freizeitgestaltung* bereits auf dem Weg von Worms nach Groß-Gerau nahe-zubringen. Das hatte er bisher ausgeblendet.

Scheisse, was für ein linker Plan. Er hatte es be-fürchtet! Das wird nichts, selbst wenn er sich zu irgendwas breitschlagen lässt, würde Dorothee nie mitmachen. Er sieht überhaupt keine Chance, mit ihr darüber zu sprechen. Allein zu erzählen, was Fred ihm im Auto gesagt hat, würde sich Doro zwar anhören, aber *sie beide* in so ein *Arrangement* zu bringen, würde sie schon zu Beginn abblocken.

Damit ist er geliefert. Er braucht gar nicht wei-ter zu diskutieren, als nächstes wird Fred ihm auf-zeigen, dass er ihn in der Hand hat.

Ihm wird schlecht; Panik bricht aus. Er sieht plötzlich alles trüb und verschwommen. Ist das der Stress? Weit weg hört er Freds meckernde Lache und die Stimme von Sissi ...

-:-

... die ihn ruft, ihm offensichtlich sanfte Ohrfeigen gibt. Er liegt auf einem Plüschsofa. An der Decke sind keine LEDs, aber an den Wänden sind rotgoldene Brokattapeten. Ihm geht die Plattitüde *Wo bin ich?* durch den Kopf.

„Anton, du bist im *Queen Club*.", als könnte sie seine Gedanken lesen, gibt Sissi ihm die Antwort. Und bevor er die nächste Frage stellen kann, beantwortet sie sie schon.

„Als wir von der Toilette zurückkamen, warst du weggetreten. Fred fackelte nicht lange, zog dich hoch und aus dem *Mirakel* raus. Mizzi und ich haben auf ihn eingeredet, mit dir ins Spital zu fahren, aber er meinte, du würdest an der frischen Luft schon wieder klar werden.

Da sind wir dann mit euch weiter ums Eck in den *Queen Club* am Gürtel, ebenfalls ein ehemaliges Puff. Die Party hier ist schärfer als die im *Mirakel*. Er ist dann mit Mizzi irgendwohin verschwunden.

Lass uns schnell abhauen, bevor sie zurückkommen! Fred macht mir Angst!"

Langsam kommt er wieder in die Welt zurück. Sissi hat Recht, nichts wie raus. Beim Aufstehen wäre er fast gefallen, seine Beine sind weich wie Gummi. Sissi stützt ihn und sie sehen zu, aus dem Lokal zu kommen.

Beim Rausgehen sieht er überall beleibte Männer mit weißem Haar oder Glatze. Jeder hat ein junges Mädchen, entweder auf dem Schoß, unter sich oder auf sich. Die Mädels habe alle Ballett-Tutus und knappe Bustiers an und sind seiner Schätzung nach ab zwölf bis achtzehn Jahre alt, richtige Gürtelröschen.

„Das sind ja zum Teil noch Kinder!" Anton ist empört. „Denen müssen wir helfen! Das geht doch nicht mit diesen alten Säcken!"

Sissi schleppt ihn mit Gewalt zur Tür. Ein Typ wie ein Catcher im Smoking kommt auf sie zu, offensichtlich von der aufgetakelten Alten hinter der Theke geschickt. Die ist wohl die Chefin der Gürtelröschen.

„Mensch komm! Das ist kein Spaß mehr!", zerrt ihn Sissi hinter sich her.

9 Sissi Kolesariç

Sissi ist aufgebracht! Sie hat Panik in der Stimme. Nachdem sie ihn aus dem Lokal gezerrt hat, schreit sie ihn an:

„Bist du eigentlich wahnsinnig geworden? Du hast wohl zu viel Prinz Eisenherz gelesen. Was meinst du, was hier jeden Abend los ist? Hascherl, du!" Sie sagt das letzte nun doch mit einem liebevollen Lächeln in der Stimme.

In dem Moment ist er verloren, verliebt wie verrückt und auch sein Körper signalisiert, dass ihn diese Frau gefangen hat. Er nimmt sie spontan in die Arme und küsst sie, wie er schon lange nicht mehr geküsst hat und sie antwortet!

Schweigend gehen sie quer rüber zur Josefstädter Straße. Ausgerechnet vor dem Haus N°57 mit dem „Scheinwerfer-Verleih *Saturn*" unten drin bleibt sie stehen und kramt Schlüssel aus ihrer Tasche.

„Trinkst du oben einen Kaffee mit mir?" Ihre Stimme ist belegt und ein wenig heiser.

Ohne nachzudenken, folgt er ihr die alte Treppe hinauf. Das Haus war mal schön, aber jetzt ist es heruntergekommen. Sieht so aus, als wenn der Besitzer es verfallen lassen will. An der Wohnungstür sieht er ein Schild *Kolesariç/Prokopeç*.

„Lebst du mit jemandem zusammen?"

„Ja, sonst könnte ich mir noch nicht mal diese Wohnung leisten. Ich heiße Kolesariç, Elisabeth und Mizzi heißt Prokopeç, Maria. Wie man sieht, echte Wiener k&k Nachnamen." Sie lacht nervös.

„Tut mir leid, aber mehr kann ich mir nicht leisten. Wien ist in den letzten Jahren so teuer geworden. Der Job heute Abend war ein Glücksfall. Michi hat uns reichlich gezahlt und das, was wir in den Tanga gesteckt bekommen haben, dürfen wir behalten. Es ist nicht wenig! Mit deiner ersten Einschätzung hattest du übrigens Recht. Wir beiden *sind* Nutten."

Den letzten Satz spricht sie - meint er - absichtlich besonders hart und ordinär aus. Das tut ihm in den Ohren weh. Für ihn ist sie eine Heilige.

„Wieso *Einschätzung*? Was meinst du damit?"

„Hör auf, ich kenne den Blick. Besonders bei den lieben, braven Kerls, wie du einer bist, tut mir der Blick weh. Man sieht Mitleid und auch den Gedanken *Wie kann sie nur?* dahinter.

Es braucht nicht viel, glaub' mir! Nur ein bisschen zu viel Pech im Leben und du bist als einst anständiges Mädchen auf dem Strich. Der falsche Kerl, die erste große Liebe und du machst alles. Zurück geht's so gut wie gar nicht."

Sie hat sich eine Zigarette angemacht und bläst gerade Rauch aus. Vor zwanzig Jahren hatte er sich, nachdem er dreißig Jahren geraucht hatte, das Rauchen abgewöhnt. Lange war es kein Problem für ihn Zigarettenrauch zu riechen, aber mit jedem Jahr wurde seine Abscheu gegen die Glimmstängel größer. Er kann es nicht mehr riechen, eigentlich. Doch mit Sissi ist das anders. Ihm gefällt, dass sie raucht, ja, er genießt es. Was ihn zum einen anwidert und jetzt anzieht, hängt anscheinend damit zusammen, dass er sich vorstellt, wo der Rauch war, bevor er ihn einatmet.

Sie sitzen in ihrer kleinen Küche auf wackligen alten Küchenstühlen mit Metallgestellen und rotkarierten Plastikbezügen auf den Sitzen und Lehnen, an einem Tisch mit Resopal-Platte und verchromten, angerosteten Beinen. Die Leuchte an der Decke ist weiß vergilbt und hat eine ringförmige Neonröhre, wahrscheinlich ein Stück aus dem ehemaligen Scheinwerferverleih. Auf der Herdplatte prottelt gerade der Percolator vor sich hin. Diese kleinen italienischen Espressokännchen für die Herdplatte protteln alle, wenn der Kaffee fast fertig ist. Einen Marillenschnaps haben sie schon getrunken. Seine Beschwerden sind weg. Hatte ihm Fred was in den Sekt getan?

Wieder diese Telepathie: „Du hast bestimmt KO-Tropfen gekriegt. Ich hab schon mal eine Kollegin gefunden, die einer geprellt und beklaut hatte. Die sah genauso aus." Sissi kennt seine Gedanken und geht auf sie ein, bevor sie noch ganz fertig gedacht sind.

Gerade beginnt sie, den Rolli auszuziehen. Sie trägt keinen BH. Ihr Busen ist schön und der einer ganz jungen Frau, viel kleiner als der von Mizzi. Seine Hose wird eng. Er starrt sie an, immer abwechselnd auf den Busen und in die Augen. Nun fällt das Jeansröckchen. Im Tangahöschen steckt noch ein Schein, was seine Gedanken total ablenkt. Seine Prinzipien schleichen sich von tief hinten an.

Sie dreht sich um, geht zur Küchentür und zieht sich einen bunten Kittel über, der dort an der Klinke hing. Dabei bewegt sie sich, wie sie das wohl jeden Abend macht. Genauso sieht es aus, so als hätte sie nur die Straßenkleidung gegen ihren Kittel gewechselt.

„Du kannst sowas wirklich nicht, stimmt's?"

„Entschuldige! Es liegt wirklich nicht an dir. Noch vor einem Moment habe ich dich begehrt, wie noch keine Frau vor dir."

„Ich weiß, bei dir sehe ich sofort alles, was du denkst. Dein Gesicht ist ein offenes Buch. Du kannst nichts vor mir verbergen. Warum, weiß ich nicht. Sowas ist mir noch nie passiert. Ich bin dir nicht böse, weil ich dich ganz genau verstehe und weiß, *warum* du es nicht kannst. Ich glaube, du gehst jetzt am besten." Sie sieht sehr traurig aus.

„Ja ... klar ... schade ..." Er steht auf, nimmt seine Brieftasche raus und will gerade zwei Fünfziger auf den Tisch legen.

„Bitte nicht! Küss mich noch einmal wie gerade und dann gehst du wie ein guter Freund."

Der Kuss war anders als der erste, fast noch schöner. Er war voller Liebe, Innigkeit, tiefer Freundschaft aber ohne jedes Begehren außer dem, mit Sissi einfach zusammenzubleiben für immer. *Ich werde diesen Kuss nie vergessen'*, geht es ihm durch den Kopf.

„Ich auch nicht!" Sissi holt tief Luft und lacht so herzlich und froh, wie er es noch nie von jemand gehört hat.

Er muss sich losreißen. *Das sind Momente, die man im Leben entweder nie oder nur einmal erlebt.'*

„Drum geh jetzt auch! Wir haben Glück gehabt, dass wir uns getroffen haben."

„Gib mir deine Telefonnummer. Ich will unbedingt Kontakt mit dir halten."

„Nein, lieber Anton, das werde ich nicht tun ... außerdem werden wir uns bald wiedersehen." Der letzte Satz kommt zögernd, so als wüsste sie nicht, woher ihre Erkenntnis stammt.

Er geht, die Wohnungstür fällt hinter ihm zu. Gemischte Gefühle rauschen durch ihn, tiefes Bedauern und große Freude, parallel, abwechselnd, ineinander verschränkt, es ist ein absoluter Ausnahmezustand.

An einem Abend zwei so unterschiedliche Emotionen, Panik, Schrecken und tiefste Abscheu bei Freds Eröffnung und dann die absolute Freude mit Sissi.

Fred schiebt er gedanklich beiseite und genießt noch die ausklingenden Reste des Zusammenseins mit Sissi.

10 Hawelka

Unten auf der Josefstädter Straße schaut er hoch dahin, wo er Sissis Fenster vermutet. Alles ist dunkel, aber er meint, dass sich die Gardine bewegt hat.

Der kalte Wind bläst ihn durch und macht ihn mehr als wach. Es regnet. Axl Rose singt in seinem Kopf:

So if you want to love me
Then darlin' don't refrain
Or I'll just end up walkin'
In the cold November rain

Er fühlt sich zu aufgekratzt, um ins Hotel und ins Bett zu gehen. Es ist ein Uhr dreißig. Ein Taxi fährt vorbei. Ohne nachzudenken, hebt er die linke Hand und es hält fünfzig Meter weiter. Die Rückfahrleuchten gehen an und es fährt schnell rückwärts zu ihm. Er steigt ein.

„Zum Stephansplatz, bitte!"

„Sehr gerne, Herr Ingenieur!" Der Taxler ist ein alter Mann mit weißen Haaren, auf denen eine Ballonmütze aus Leder sitzt. Die Mütze würde er in Richtung Roter Platz-Moskau einordnen.

„Woher wissen Sie, dass ich Ingenieur bin?"

Er antwortet ihm: „Kellner, Fiaker, Taxler und andere, die in Wien *dienen* (er sagt wirklich *dienen*!), nennen jede männliche Person über fünfundzwanzig entweder Doktor oder Ingenieur. Sie sehen eher nach Ingenieur aus."

„Stimmt, ich bin Ingenieur. Und Sie sind aus Russland, richtig?"

„Nicht ganz, aus Weißrussland. Sie haben es an meiner Mütze erkannt, nicht wahr?"

„Ja und an ihrem leichten Akzent. Sie sind schon lange in Wien oder?"

„Meine Eltern sind zu Stalins Zeiten aus der UDSSR ausgereist. Wir sind jüdischer Abstammung und bei Stalin ging's den Juden auch nicht besonders gut. Ich bin zwar in Wien groß geworden, aber zu Hause haben wir nur Russisch gesprochen. Den Akzent habe ich nie ganz wegbekommen können. Spielen Sie Schach, Herr Ingenieur?"

„Ich kenne die Regeln und habe früher sehr gerne gegen meinen Schwiegervater gespielt. Das waren heiße Schlachten im wahrsten Sinne des Wortes. Da gab es Momente, wo mein Puls raufging und mein Gesicht brannte. Mein Schwiegervater hat mich dabei wahnsinnig gemacht, weil er immer irgendwelche Melodien pfiff, während er seinen und ich meinen nächsten Zug überlegte."

„Ja, das kenne ich. Das kann ich überhaupt nicht leiden. Ich habe gefragt, weil das Leben eine Art Schachspiel ist. Jeder neue Zug bringt einen in eine neue Richtung und man weiß nie, was gewesen wäre, wenn man einen anderen gemacht hätte."

Antons Gedanken sind scheinbar wirklich ein offenes Buch. Fred ist wieder aus dem Unterbewusstsein aufgetaucht und er sucht nach einem Ausweg.

Sie fahren gerade auf dem Ring am Parlament vorbei. Er fühlt sich wohl in dem Taxi und mit dem Fahrer.

„Was machen Sie in Wien, Sightseeing?"

„Genau genommen ja, doch ich bin in Wien verliebt und der Stadt verfallen. So fahre ich manchmal dreimal im Jahr mit meiner Frau her. Sightseeing trifft es nicht ganz. Ich genieße es einfach nur durch Wien zu gehen oder zu fahren, oft ohne jedes Ziel. Wien hat eine positive therapeutische Wirkung auf mich."

„Also doch eher der Herr Doktor!", lacht sein Taxler „Das höre ich oft, der Herr und obwohl es mir natürlich nicht so geht, weiß ich, was Sie meinen."

Sie sind da, Stephansplatz; das ist auch ein Ziel, das er ohne Absicht einfach nur so genannt hatte. In Wien lässt er sich treiben, wie in einem sanften, breiten Fluss und ist damit immer sehr gut gefahren beziehungsweise gegangen.

Der Taxler freut sich sehr über das große Trinkgeld, das er von ihm bekommt. Es ist wohl etwas zu hoch ausgefallen, denn er sagt: „Herzlichen Dank, Herr Professor und beehren Sie mich bitte sehr bald wieder." Er gibt ihm durch das offene Fenster seine Visitenkarte. *Itzhak Rosenstein, Erdbrustgasse 21, 1160 Wien* und seine Mobiltelefonnummer steht darauf.

„Hat mich sehr gefreut, Herr Rosenstein. Wenn's passt, werde ich Sie anrufen, wenn ich wieder ein Taxi brauche."

„Es wird sich schon bald wieder ausgehen, der Herr! Servus, zu Diensten!" Er schließt das Fenster und rollt langsam rückwärts zurück in die Gasse, aus der sie gekommen sind.

Wieder eine Prophezeiung? Ein denkwürdiger, sonderbarer Abend.

-:-

Er geht schräg am Haas-Haus vorbei und steuert auf die Pestsäule am Graben zu. Ihm fällt das Café Hawelka ein. Vor vielen Jahren, als DIE Wirtin, Josefine Hawelka noch da war, hatte er mal das Glück, spätnachts noch Gast dort zu sein und bekam von den Buchteln ab. Ihm ging plötzlich

Jö schau, so a Sau, jössas na

wos macht' a Nackerta im Hawelka?

durch den Kopf. Der leider schon tote Georg Danzer hatte dieses Lied geschrieben.

Er war damals auch, wie fast jede Nacht im Hawelka. Wenn er an Danzer denkt, fällt ihm das Wort *Arroganz* ein. Normalerweise meint man mit Arroganz etwas schlechtes, doch Danzers Arroganz war elegant, gepaart mit seiner unerreichten Art mit österreichischem Dialekt zu reden, hatte sie etwas Majestätisches. Diese positive, elegante Arroganz stand ihm gut, denn sie war bei ihm begründet und gerechtfertigt. Anton sieht ihn noch an seinem Platz sitzen, wo er eine Zigarette an der anderen anzündete. Damals hielt er es noch im Zigarettenrauch aus, sonst wäre er schon an der Eingangstür umgekehrt.

Also ab ins Hawelka, das leider seit seinem letzten Besuch renoviert worden ist. Das Hawelka hat immer versucht, einen Weltrekord an Schäbigkeit aufzustellen, mit Erfolg! Sehr abgenutztes, zusammengesuchtes Mobiliar stand früher darin, das auf keinem Flohmarkt mehr eine Chance gehabt hätte, gekauft zu werden. Doch die großen, weißen Glaskugeln an langen Chromstäben hängen noch an der Decke und erleuchten es mehr schlecht als recht. Dorothee hat es hier gar nicht gefallen.

Buchteln wird's wohl nicht mehr geben und die Atmosphäre wird sicher auch anders sein, aber was soll's, er wird ein wenig in der Vergangenheit schwelgen.

In seinem Leben gab es drei, vier Momente, die ihm niemals aus dem Kopf gehen werden, weil sie besonders, ja magisch waren und er sie bis heute noch nicht ganz versteht, ja sogar manchmal von ihnen glaubt, dass er sie geträumt hat.

Seitdem sie auf Sissi und Mizzi getroffen waren, läuft alles so unwahrscheinlich ab, als würde er es träumen. Womöglich ist es auch so. Hoffentlich muss er jetzt nicht pinkeln und wird wach.

Er bestellt sich bei einem schmierigen Kellner einen doppelten Espresso, die Wiener Spezialbezeichnung kennt er nicht.

„Aan großen Schwarzen, sehr gern, der Herr Doktor! So spät am Abend noch?", sagt der schmierige Kellner. Der Taxler fällt ihm ein, Recht hatte er.

Die Atmosphäre ist nicht mehr so, wie er sie in Erinnerung hat. Manchmal genießt er es, im Café zu sitzen, eine Zeitung zu lesen und das Leben läuft verlangsamt weiter; bleibt fast stehen. Im Hintergrund gibt es immer dieselbe Akustikwand, die sich aus dem Zischen der Espressomaschine, dem Ausschlagen des Kaffeesiebs, dem Klappern von Teelöffeln auf Untertassen, dem leisen Gemurmel der Gäste, Stühle rücken, Polsterknarren, dem Schmäh der Kellner und vielen anderen Elementen zusammensetzt. Manchmal macht es ihn auch müde, der Grund warum er hergegangen ist. Heute Nacht klappt das nicht. Er wird nicht müde!

Nun mischt sich Geigen- und Cellomusik in das Akustikgemisch. Er schaut auf und sieht ein Pärchen in der Ecke schräg gegenüber. Sie, die Cellospielerin ist eine noch immer schöne, aber etwas angegriffen ausschauende Frau von etwa vierzig Jahren. Könnte aus Polen stammen. Es ist ein Tick von ihm, Menschen die er das erste Mal sieht, einzuordnen. Polnische Frauen haben bei ihm das Prädikat, in der Regel in besonderer Weise schön zu sein.

Der Mann, der neben ihr steht und Geige spielt, ist mittelgroß mit wuschigem, kleingelocktem schwarzgrauem Haar und einem ebensolchen Dschingis-Khan-Schnäuzer. Der erfüllt Antons Klischeebild eines Ungarn, notfalls auch das eines Polen.

Sie spielen die Nummer fünf der Ungarischen Tänze von Johannes Brahms. Ziemlich aufputschend für die späte Stunde. Ihm gefällt's trotzdem.

Und der Mann *ist* Pole, denn er kennt ihn. Vor Jahren, als er noch Angestellter war, arbeitete er beim selben Arbeitgeber wie er und stand im Ruf ein genialer Softwareentwickler zu sein. Jerzy Baranowski, mit dem er damals befreundet war. Er war aus seiner Heimat Krakau nach Bochum gekommen und brauchte Geld. Antons damaliger Chef hatte ihn eingestellt, weil er mit sehr geringem Lohn zufrieden war und behauptet hatte, dass er Software für Schlachtbetriebe schreiben könnte, weil er selbst in der Jugend bei seinem Vater in der Fleischerei gearbeitet hätte.

Anton hat er später gestanden, dass er seinen Vater nie kennengelernt hat, aber Software entwickeln konnte er wirklich. Ja und Geige spielen.

Ihm fällt eine Weihnachtsfeier ein, die zu später Stunde *besinnlichkeitsmäßig* etwas aus dem Ruder gelaufen war. Jerzy war der Star und spielte an dem Abend erst brav adventliches und weihnachtliches Liedgut. Allerdings nutzte er jede Pause, sogar die zwischen den Stücken, um Schnaps zu trinken. Sie waren alle keine Kinder von Traurigkeit und in einem Alter, wo man sowas locker wegsteckt, aber im Vergleich zu Jerzy waren Anton und die anderen Kollegen Waisenkinder.

Er spielte immer wilder und sang dazu auf Polnisch. Später sagte er ihm, dass es sicher gut war, dass niemand Polnisch verstand, denn es waren schlimmste Sauflieder, die ähnliches Niveau hatten, wie die deutschen Wirtinnenlieder. Aus der Weihnachtsfeier wurde eine wüste Party.

In einer Pause war er weg, nirgends zu finden. Die Frau von unserem Chef auch. Der Chef fand beide, weil sie irgendwann sehr laut wurde und Jerzy sie dabei anzufeuern schien. Anton ist hinterher und konnte vermeiden, dasAntos der Chef einen Stuhl auf den beiden zerschlug.

Jerzy erhielt die Kündigung und die Frau des Chefs die Scheidungspapiere.

Jerzy lief noch in der Gegend rum und einmal als Anton ihn traf, bat er ihn um Geld, ohne jede Scham, so als stände ihm das zu. Anton ging zu einem Automaten, hob für ihn fünfhundert Mark ab und gab sie ihm, so als stände ihm das zu. Dorothee hat ihn für verrückt erklärt.

Einige Jahre später erhielt er einen Brief mit einer Visitenkarte

Jerzy Baranowski
Entertainer, Stehgeiger und Komponist

mit einer Adresse in Krakau darauf. Auf der Rückseite stand handgeschrieben Danke! und im Umschlag lagen zweihundertfünfzig Euro. Anton schloss daraus, dass es ihm wieder gut ginge und er in seiner Heimat lebte.

All das zieht ihm durch den Kopf und er hat gar nicht bemerkt, dass die Musik aufgehört hat und Jerzy ihm an seinem Tisch gegenüber sitzt, die Cellistin neben sich. Sie ist seine Frau, wie er ihm sagt, als er Anton und sie gegenseitig vorstellt.

Er spricht sehr hastig mit ihm, ist offensichtlich in Eile: "Lieber Anton, dass wir uns hier in Wien wiedersehen, ist eine Fügung (er sagt Fiegung)

Gottes (katholischer als Polen es sind, geht es nicht). Leider (lej-ider) müssen (missen) wir gleich gehen. Wir spielen heute Nacht noch auf einem Fest. Aber gib mir deine Telefonnummer, ich werde dich anrufen."

Jerzys Eile steckt ihn an und er kritzelt schnell seine Mobilnummer auf das kleine Tropfdeckchen unter seinem Schwarzen und gibt es ihm.

„Mach langsam, so schnell müssen wir auch nicht weg." Sein Schnäuzer wippt dabei rauf und runter. Jana, seine Frau steht auf und geht zur Toilette. „Ich muss mich noch umziehen. Entschuldigung!", sagt sie.

„Das muss ich dir erzählen", flüstert er. „Das ist das Wahnsinnigste, was ich je erlebt habe. Die Fete, zu der wir gleich abgeholt werden, ist die schärfste Sause, die man sich vorstellen kann. Heute Nacht ist es schon das dritte Mal, dass wir engagiert sind. Jedes Mal an einem anderen Ort, immer sind da etwa dreißig Männer und dreißig Frauen. Alle haben Masken auf, die Männer haben weite schwarze Umhänge über dunklen Anzügen und die Frauen sind nackt. In allen Zimmern treiben sie es miteinander, egal ob andere zusehen oder nicht. Jeder mit jeder und manchmal auch jeder mit jedem oder jede mit jeder, wenn du weißt, was ich meine."

In dem eigenartigen Zustand, in dem Anton sich schon seit abends befindet, erregen ihn die

Vorstellungen, die Jerzys Erzählung bei ihm auslöst. Vor seinem geistigen Auge ziehen Bilder vorbei, die ihm bekannt vorkommen. Genau, er sieht
Bilder aus *Eyes wide shut* und auch welche, die ihm
beim Lesen der *Traumnovelle* von Arthur Schnitzler
in den Kopf gekommen sind. Nicole Kidman steht
nackt im gemeinsamen Badezimmer, bevor beide
zu einer Redoute (wie es in der Traumnovelle
heißt) gehen. In seinen Gedanken ist es Nicole
Kidman, aber sie sieht aus, wie Sissi bevor sie den
Kittel anzog.

Heute Nacht wird er noch verrückt! In ihm setzt
sich der Gedanke fest, dass er da unbedingt hin
muss. Vielleicht hatte Fred Recht, als er ihm riet, es
heute krachen zu lassen.

„Jerzy, du musst mich mitnehmen!"

Doch der wirkt plötzlich sehr betroffen, so als
merkte er, dass er was Schlimmes angerichtet hat.

„Wejisst du, das jeht nich. Wenn die dich ent-
decken, bringen sie dich und mich um. Ich war
einmal dabei, wie sie einen bestraften, der deren
Regeln nicht beachtet hatte. Den haben sie mit einer Kette, die an der Decke hing, auf die Zehenspitzen hochgezogen und jede Person, die Lust
hatte, hat das mit ihm gemacht, was sie wollte.
Fast alle dreißig Frauen und dreißig Männer sind
nach und nach zu ihm gegangen, haben ihn ge-
peitscht, ihm Dinge, wie den Peitschenstiel und
anderes - du weißt schon - in jede Körperöffnung

gesteckt und so manches Mal, wenn er nicht ohnmächtig war, hat er geschrien, er wolle lieber sterben und gefleht, dass sie aufhören sollen."

„Du sagtest doch, dass sie maskiert sind und Umhänge tragen. Mich wird niemand erkennen. Wo ist denn die Party?"

„Ich weiß es nicht. Gleich kommt ein Taxi, darin liegen zwei schwarze Schals, damit müssen wir uns die Augen verbinden, sodass wir nichts sehen, weder wo es hingeht, noch was auf der Party los ist. Der Taxifahrer muss das kontrollieren, es ist immer derselbe. Das, was ich dir beschrieben habe, habe ich zufällig gesehen, weil meine Augenbinde verrutscht war und die es nicht bemerkt haben, weil sie mit der bestialischen Bestrafung beschäftigt waren. Dabei habe ich mir fast vor Angst in die Hose gemacht und das will bei mir was heißen, wie du weißt."

Das macht Anton immer erregter und sein Wunsch, daran teilzunehmen, ist nicht mehr zu dämpfen.

„Pass auf, ich besorge mir einen Umhang und eine Maske. Wenn du dem Taxifahrer vorgibst, dass er dich noch zum Café Eiles fährt, weil du dort was abgeben musst, bevor ihr zum Ziel fahrt, werde ich versuchen, euch mit Umhang und Maske in einem anderen Taxi zu folgen."

„Anton, es geht wirklich nicht. Du kommst auch nur rein, wenn du einen Code hast, den du am Eingang vorweisen musst."

„Wie kommt ihr rein?"

„Ich erhalte den Code per Snapchat, kurz nachdem das Taxi abfährt."

„Du kannst ihn mir weitergeben."

Jerzy überlegt. Seine Augen bewegen sich hin und her, als wäre er in der REM-Phase aber mit offenen Augen, gewissermaßen *Eyes Wide Open*.

„Also gut, ich werde das mit dem Zwischenstopp machen und ich werde dir auch den Code weitergeben. Du wirst weder Umhang noch Maske in der kurzen Zeit bekommen. So oder so empfehle ich dir dringend, das Vorhaben aufzugeben. Es ist lebensgefährlich."

Jana kommt zurück, Anton springt auf. Als er Geld auf den Tisch legen will, legt Jerzy ihm seine Hand auf seine und sagt „Lass stecken, ich übernehme das." Er umarmt ihn theatralisch „Auf ein gesundes Wiedersehen, mein Freund!" Jana schaut ihn etwas verstört von der Seite an.

Anton ist schon raus und ruft seinen Taxler an.

11 Belinda Karan

Bevor Rosenstein eintrifft, ruft er Belinda Karan an, ohne darauf zu achten, dass es nach zwei Uhr nachts ist. Schon beim zweiten Klingeln nimmt sie den Anruf an.

„Anton, so spät? Was kann ich für dich tun?", spricht sie, als wäre es Montagmittag und völlig normal, jetzt zu telefonieren. Außerdem duzt sie ihn ... warum nicht, sie korrespondieren schon lange per Facebook und Whatsapp miteinander.

„Hast du Zutritt zu den Kostümen in der Staatsoper?"

„Klar, ich habe einen Generalschlüssel. Warum?"

„Ich brauche dringend einen schwarzen Umhang und eine schwarze Maske, du weißt schon, so eine schmale für die Augen mit Gummiband."

„Kein Problem! Kürzlich hatten wir eine Vorstellung der Fledermaus. Das was du brauchst, liegt griffbereit. Sei in zehn Minuten am Hintereingang. Ich werde da sein."

Sie bemerkt seine Eile und fragt nicht nach. Er kennt sie nur entfernt und hat sie noch nie persönlich gesehen. Vor einiger Zeit hat sie ihm zwei Sessel abgekauft. Sessel mit Kultstatus von *Wittmann*, einer sehr renommierten Möbelwerkstatt in Österreich. Dorothee und er hatten endlich schwarze gefunden und ihre cappuccinobraunen zum Verkauf gestellt. Belindas Eltern kamen zu Kortners und haben sie abgeholt, um sie dann weiter nach Wien zu schicken. Anton hat sich für die Transaktion mit ihr per Whatsapp und Facebook ausgetauscht und etwas näher kennengelernt. Dabei bot sie an, ihm Karten für die Staatsoper zu beschaffen, wenn er wieder eine Oper oder ein Ballett in Wien sehen wollte. Und die Karten für *Così Fan Tutte* für den Sonntag sind nun ihr erster Hilfseinsatz.

Itzhak Rosenstein fährt vor und er stürmt auf den Rücksitz. „Sehen Sie, Herr Professor, da sind wir wieder beisammen!" Er lacht sich ins Fäustchen.

„Lieber Herr Rosenstein lassen Sie uns bitte schnell zum Bühneneingang der Staatsoper fahren. Dort muss ich in zehn Minuten sein. Ich hole dort was ab und dann geht's weiter."

„Mannchen, zehn Minuten, das ist leicht." und er fährt los.

Sie fahren durch die Spiegelgasse, über den Lobkowitzplatz, auf die Augustinerstraße. An der Ecke zur Operngasse sieht Anton eine schlanke, zierliche Frau in einem dicken Mantel stehen.

„Bitte halten Sie an, Herr Rosenstein!" Er lässt das Fenster runter. „Belinda?"

„Ja, Anton. Das ging ja schnell. Lerne ich dich endlich persönlich kennen. Komm mit, wir gehen rein und suchen im Fundus."

„Erst mal vielen Dank für die wunderbaren Karten für *Così Fan Tutte* und Danke, dass du mir um diese Zeit hilfst."

„Red nicht, das hatte ich versprochen!"

Sie sind schon im dunklen Opernhaus und gehen endlose Gänge, Treppen runter und durch viele Türen. Er denkt an das Phantom der Oper. Gibt es sowas auch in Wien?

Belinda öffnet eine schwere Stahltür und schaltet das Licht an. Mit einigem Blinken und wiederholtem Klickton zünden die Starter das Neonlicht. Ein großer, langer Raum mit Regalen an den Wänden und vielen Reihen aus Kleiderständern ist zu sehen. Er sieht etwas Helles aus den Augenwinkeln zwischen den Kleiderständern laufen. Bevor er Belinda drauf aufmerksam machen kann, ist es weg. Doch ein Phantom?

„Belinda, da war jemand!"

„Nein, unmöglich! Hier kann niemand sein. Da drüben müsste das sein, was du suchst!" Sie zieht ihn zur linken Wand und holt aus einem Regal eine schwarze Maske, die entfernt an eine Schmetterlingsbrille erinnert. Dann gehen sie weiter und gerade, als sie auf einen Kleiderständer mit schwarzen Mänteln und ähnlichem zugehen, läuft das Helle wieder vor ihnen schnell zwischen den etwas weiter entfernten Ständerreihen.

Diesmal hat es Belinda auch gesehen. Sie macht ihm ein Zeichen, das er so deutet, dass er zur Tür zurück soll. Er bückt sich und schleicht an den Ständerreihen leise vorbei bis zur Tür. Er hört Belinda in Richtung zum Versteck unseres Phantoms gehen. Sie macht das absichtlich laut. Wieder hört er schnelle Trippelschritte. Belinda geht scheinbar zurück Richtung Tür und treibt ihm das Helle zu. Als er gerade um den Ständer herum in die Gasse dort schaut, kommt ein kleines, nacktes Mädchen auf ihn zu, das nach hinten blickt während es in seine Richtung läuft, genau in seine Arme.

Sie schreit und strampelt, versucht ihm in die Hand zu beißen, aber er lässt nicht los. Sie ist wunderschön, hat eine sehr weiße Haut und langes rotes Haar fast bis zum Po. Sie tobt wie eine Furie, bis sie feststellt, dass er sie nicht loslassen wird. Höchstens sechzehn Jahre alt ist sie.

„Ireen, was machst du denn hier und nackt?", fragt Belinda streng und zu ihm „Das ist eines von unseren ganz großen Talenten. Sie soll schon bald ihr erstes Solo im *Nussknacker* haben."

Ireen, sein Phantom weint mittlerweile und drückt sich nun ganz fest an ihn, als suche sie Schutz bei ihm. Sie braucht nichts zu sagen, denn sie hören Husten einer geschulten Stimme.

„Kommen Sie raus, Sie haben keine andere Chance!" Da, wo er Ireen zum ersten Mal hat laufen sehen, steht nun ein relativ kleiner Mann mit schwarzen Haaren und einem dünnen Schnauzbart, der gerade den Reißverschluss seiner Hose schließt.

„Bitte Frau Karan! Sie haben uns nicht gesehen!", sagt er mit einem perfekten Tenor und italienischem Akzent.

„Herr Mischitelli, sind Sie wahnsinnig geworden? Ireen ist noch ein Kind. Das werde ich nicht für mich behalten können, das wissen Sie!" Belinda ist aufgebracht.

Währenddessen hat Ireen Anton auf den Mund geküsst. Sie drückt sich nun in der Lendengegend an ihn und bewegt ihre Hüften hin und her. Dagegen kann er nicht an und bei ihm regt sich was. Was für ein kleines Luder!

„Belinda, ich glaube Herr Mischitelli konnte nichts dagegen machen. Ich tue mich auch gerade schwer, dem Nymphchen nicht zu verfallen. Sie weiß wirklich, wie man Männer anmacht. Ihr solltet ein spezielles Auge auf sie haben."

Dem Nymphchen macht es nichts aus, dass er so über sie spricht. Sie startet erneut einen Versuch, ihn in Stimmung zu versetzen und er hat seine Not, sie auf Abstand zu halten.

„Leider muss ich auf die Tube drücken. Brauchst du mich noch, Belinda oder kann ich los? Ich melde mich auf jeden Fall morgen und bringe die Sachen zurück."

„Ich weiß zwar nicht, was es in Wien gibt, für das man um zwei Uhr nachts noch einen Umhang und eine Maske braucht ... vielleicht erzählst du es mir irgendwann einmal. Bis morgen dann. Tenor und Tänzerin werde ich auch allein verarzten können."

Zum Abschied drückt er Belinda und gibt ihr Küsschen auf die Wangen. Schmiegt sie sich auch mehr als nötig an ihn? Wahrscheinlich ist er überreizt.

Mit Mühe findet er aus den Katakomben heraus und steigt wieder zu seinem Freund Rosenstein ins Taxi.

Jerzy wird wohl weg sein, wenn sie zum Café Eiles kommen.

12 Adamiten - Rituale

Er sieht das Taxi mit Jerzy und Jana gerade abfahren, als sie in die Stadiongasse Richtung Josefstädter Straße kommen.

„Folgen Sie bitte dem Taxi, Herr Rosenstein!"

Sein Handy vibriert, soeben ist eine Snapchat-Meldung eingetroffen. Die wird von Jerzy sein, dem guten Kerl. Es handelt sich um ein Bild, auf dem nur ein QR-Code zu sehen ist.

Seine Stimmung schwankt zwischen Euphorie, Zweifel, Aufregung und Panik. Die Panik kommt immer dann hoch, wenn er Fred in seine Gedanken kommen lässt.

Wieder geht's die Josefstädter Straße hinauf, an Sissis Wohnung vorbei, über den Gürtel, die Neulerchenfelder usw. an der 10er Marie vorbei und weiter Richtung Wilhelminenberg.

Sie fahren an alten Häusern vorbei, die sehr schön sind, zum Teil handelt es sich um großzügige Villen aus dem Fin de Siècle, Wiens letzter Hochzeit.

Diese Epoche hätte er gerne erlebt. Die Gesellschaft lief auf vollen Touren in einer nur noch künstlichen Atmosphäre, die notdürftig durch den Kaiser Franz Joseph I. zusammengehalten wurde.

Adel, gehobenes Bürgertum, die Soldateska und die breite Schicht der Dienstboten, Arbeiter und Handwerker bildeten ein strenges Kastensystem. Die gesellschaftlichen Strukturen, die größtenteils auf das Mittelalter zurückgingen, wurden mit den Entwicklungen in den Naturwissenschaften, Ingenieurwesen, Medizin, Psychologie konfrontiert.

Heute würde man von Endzeitstimmung sprechen, obwohl noch niemand wusste, dass bald etwas zu Ende gehen würde, das seit langem Bestand hatte. Vielleicht ahnte man es? Jedenfalls machten sich extreme Stimmungen breit, Frivolität, übertriebenes Ehrgefühl, Standesdünkel, Todessehnsucht, es gab sehr viele Selbstmorde unter anderem brachte sich die Tochter von Arthur Schnitzler, der diese Stimmung bestens eingefangen hat, im Alter von achtzehn Jahren um.

Diese Zeit ist sein stiller Favorit. Der Umbruch danach ist nach seiner Meinung heftiger gewesen, als der zur Reformation. Alles war danach anders, nichts mehr so wie früher, eine Serie von Kriegen war die Folge.

„Herr Ingenieur, das andere Taxi hält, was soll ich tun?", holt Rosenstein ihn zurück ins 21. Jahrhundert.

„Fahren Sie bitte weiter, an dem Taxi vorbei und um die nächste Ecke. Dort werde ich aussteigen. Bitte warten Sie auf mich, komme was wolle."

An der Ecke bleibt er stehen und sieht, wie Jerzy und Jana mit verbundenen Augen aus dem Taxi durch ein breites Tor geführt werden. Es ist Zeit, den Mantel auszuziehen, gegen den Umhang zu tauschen und die Maske aufzusetzen.

Es sind gut fünfzig Meter bis zum Tor und seine Gedanken rasen. Die warnenden Worte von Jerzy gewinnen die Oberhand. Er kann immer noch umkehren und ins Hotel zurückfahren. Noch nie hat er eine Nacht wie diese erlebt. Alles was passiert ist und was womöglich noch passiert, kann sein dumpfes Gefühl, irgendwas verpasst zu haben, mit einem Schlag ändern. Unerfüllt zu sein, die Unzufriedenheit, das Suchen nach er-weiß-nicht-was wäre beendet. Er geht nicht zurück!

Am Tor steht ein Maskierter in einer Livree, wie er ähnliche in Wiener Museen gesehen habe; schwarzer Stoff mit Goldtressen, doppelreihig bis oben geknöpft. Ihm ist es fast so, als wäre er in seiner Wunschepoche angekommen.

„Zugangscode!", fordert der Livrierte bestimmt.

Er zeigt ihm das Bild auf seinem Handy, das der mit seinem scannt. Danach öffnet er Anton das Tor und lässt ihn rein.

Zwei andere Livrierte nehmen ihn in die Mitte und führen ihn siebzig Meter durch den Garten zum Haus.

Durch eine Tür, die an die drei Meter hoch ist und deren Klinke in Höhe seiner Augen liegt, lassen sie ihn ins Haus, wo ihm bereits andere Dienstboten entgegenkommen.

Wieder die Frage nach dem Zugangscode und wieder wird er weitergeschickt in einen großen Salon. Dort sind alle Lichtquellen Kerzen, einfache, weiße, tropfende Wachskerzen. Der Raum ist warm und es riecht nach heißem Wachs.

In diesem Raum stehen verschiedene Grüppchen von Männern in Umhängen und Frauen, die nichts weiter als eine Maske und Highheels anhaben. Eine wunderschöne, melancholische Melodie ‚Lascia ch'io pianga' von Händel, gespielt von Jerzys Geige und Janas Cello zieht durchs Haus.

Abwartend stellt er sich in den Hintergrund. Zu einer Gruppe zu stoßen, traut er sich nicht. Es dauert nicht lange, bis er heißen Atem an seinem rechten Ohr spürt.

„Um Gotteswillen! Verlassen Sie schnell dieses Haus! Sie sind in Gefahr."

Er will sich umdrehen.

„Nein, bitte tun Sie so, als wäre nichts und als wäre ich nicht da. Gehen Sie schnell zur Tür. Vielleicht gelingt es Ihnen noch, zu entkommen." Die Frau ist weg. Hat er sich das eingebildet? Alles nimmt mehr und mehr traumartige Züge an.

Aber gehen wird er nicht. Weder beabsichtigt er jemanden zu belästigen, noch will er stören. Er will einfach nur hier sein, beobachten und alles mit sich nehmen in seinem Gedächtnis.

Ein Maskierter kommt auf ihn zu. Irgendwas an ihm signalisiert, dass er höhergestellt ist. Gewissermaßen der *Chef*. Das liegt weniger an seiner Kleidung, die genau wie seine aus einem Umhang besteht, aber umso mehr an dessen Haltung. Ein Alphatier. Wieder zuckt ihm Fred durchs Gehirn.

Bevor ihn der Mann erreicht, wirft sich eine wunderschöne Nackte in seine Arme. Jerzy und Jana spielen mittlerweile einen langsamen Walzer.

„Lass uns tanzen, du Idiot!" Dieselbe Stimme wie die eben an seinem Ohr?

Diese Frau ist mit ihren hohen Absätzen fast größer als er. Ihre Haut ist hell und schimmert wie Porzellan. Die Figur ist in seinen Augen perfekt. Ihr Haar ist rotbraun und zu einem Lockenmeer auf dem Kopf zusammengesteckt. Sie duftet unbeschreiblich. Sie schweben über die Tanzfläche. Langsamer Walzer ist der Tanz, den er mit Abstand am wenigsten mag, doch jetzt ist es so, als würden sie beide ein Körper sein, der den Boden nicht berührt.

„Hau endlich ab, wenn dir dein Leben lieb ist. Die wissen, dass du nicht hierher gehörst."

Die Musik stoppt abrupt. Sie stehen allein in einem Kreis der anderen, die sich weit von ihnen zurückgezogen haben.

Der Chef, so nennt er ihn in Gedanken, steht in dem Kreis ihnen frontal gegenüber.

Nachdem er einen Schritt vorgetreten ist, sagt er laut und drohend:

„Mein Herr, Sie stören unsere Rituale. Wiens Adamiten" Geraune kommt auf, so als hätte er etwas Verbotenes gesagt, „lassen keine Eindringlinge zu, die als Voyeure zu uns kommen. Wir werden Ihnen nun Ihre Strafe mitteilen, die unmittelbar vollstreckt wird."

„Nein!", schreit seine schöne Tanzpartnerin laut. „Lasst ihn gehen. Er hat nichts getan. Er war nur neugierig und wird keine Gefahr für uns sein."

„Das ist unmöglich, meine Liebe! Du weißt, was in unseren Statuten steht!"

„Ja, allerdings, dort steht zum Beispiel, dass jemand aus dem Kreis der Eingeweihten die Strafe für einen übernehmen kann, der nicht dazugehört. Sie oder er muss nur bereit sein, die Konsequenzen dafür auf sich zu nehmen."

Der Chef lacht laut und unangenehm. Alle Umstehenden im Kreis flüstern aufgeregt miteinander.

„Willst du damit sagen, dass du bereit bist, seine Strafe auf dich zu nehmen? Wie kommst du dazu?"

„Ja, das bin ich und es ist allein meine Sache!"

In ihm steigt erneut Panik auf, schlimmer als jemals davor. Er kann nicht zulassen, dass ihr geschieht, was ihm Jerzy im Hawelka beschrieben hat, nur um ihn rauszuhauen.

„Hören Sie nicht auf sie. Auch mir ist nicht klar, warum sie das sagt, aber ich lasse es nicht zu. Ich weiß zwar nicht, warum Sie meinen, dass ich Strafe verdient hätte, aber ich werde sie auf mich nehmen und sie nicht von anderen übernehmen lassen."

„Ist er nicht aufrecht? Diese Unschuld, dieser großmütige Stil, diese Güte, dieser Glanz, wie Prinz Eisenherz!" ,Wieder Prinz Eisenherz, wie kommt das?' Der Chef lacht erneut. „Ich werde dir schon deine Borniertheit austreiben. Großmut kotzt mich an! Und ich will sehr gerne sehen, wie du diese aussterbende Eigenschaft nach deiner Bestrafung siehst."

Ihm wird angst und bange. Das sind keine leeren Drohungen. Wahrscheinlich ist diese Versammlung aus hohen, einflussreichen Leuten zusammengesetzt, denen es kein Problem bereiten wird, Überbleibsel von Kollateralschäden beseitigen zu lassen. Seine Schöne hatte Recht, als sie ihn einen Idioten nannte.

Erneut ergreift sie das Wort: „Ich bestehe darauf, dass unserer Statuten zur Anwendung kommen. Ich übernehme seine Strafe und dagegen gibt es weder Einspruch durch die Eingeweihten noch durch ihn. Lasst ihn endlich gehen und bestraft mich."

Der Chef scheint mit den Zähnen zu knirschen. Was er hört, passt ihm nicht, aber offensichtlich muss er nachgeben. Großmut kotzt ihn an und diese Schöne hat beispiellose Großmut gezeigt. Ihm wird schlecht vor Angst um sie und sich. Bevor er etwas dagegen tun kann, haben ihn zwei Livrierte in den Achselhöhlen gepackt und angehoben.

„Du wirst es unterlassen, nach uns zu forschen! Solltest du dagegen verstoßen, wirst du dennoch deine Strafe erhalten. Freue dich du Schöngeist und denke daran, was du mit deiner Neugier angerichtet hast. Diese Fürsprecherin hast du nicht verdient. Raus mit ihm!"

Die Livrierten drehen sich mit ihm in der Mitte um und tragen ihn durch die Tür hinaus, durchs Vorzimmer, die Außentür, wo sie ihn die Treppe hinunterwerfen. Einer wirft seinen Mantel aus der Tür. *Seinen Mantel? Den hat er doch bei Rosenstein gelassen!*

Wieder auf den Beinen, springt er die Stufen rauf und hämmert gegen die bereits verschlossene Riesentür. Und wenn er sich auch die Fäuste blutig schlägt, er kann nichts mehr tun.

Der Chef hat recht, diese Frau und ihr Opfer hat er nicht verdient. Er ist ein Idiot. Warum hat er nicht auf die Warnungen gehört? Was passiert ihr und was Jerzy und Jana?

‚Hornochse, nur weil er mit seinem Leben hadert, bringt er anderen Menschen Schwierigkeiten.' Sein Unausgefülltsein ist wirklich verschwunden, ersetzt durch Gewissenbisse.

Wie heißt's in einer Wiener Posse *„Einen Jux will er sich machen"*. Das ist ein Stück von Johann Nepomuk Nestroy ...

… aufgeführt 1842 im Theater an der Wien - Darin räsoniert ein vom Alltag Frustrierter „Wenn man nur aus uncompletten Makulaturbüchern etwas vom Weltleben weiß, wenn man den Sonnenaufgang nur vom Bodenfensterl, die Abendröthe nur aus Erzählungen der Kundschaften kennt, da bleibt eine Leere im Inneren, die alle Ölfässer des Südens, alle Haringfässer des Nordens, nicht ausfüllen, eine Abgeschmacktheit die alle Muskatblüth Indiens nicht würzen können." Nachdem er fast über seinen Jux gestolpert wäre, sieht er ein:

„Jetzt frag ich aber zahlt sich so a Jux aus, wenn man ihn mit einer Furcht, mit 3 Schrocken, 5 Verlegenheiten und 7 Todesängsten erkauft? [...] Jetzt hab ich das Glück genossen, ein verfluchter Kerl zu seyn, und die ganze Ausbeute von dem Glück is, dass ich um keinen Preis mehr ein verfluchter Kerl seyn möcht." (Quelle: Wikipedia)

Doch da geht's gut aus. Was seinen drei Helfern geschieht, wagt er sich nicht auszumalen.

Erst jetzt merkt er, dass er ein Loch in der Hose hat und sein Knie blutet. Der Umhang ist beschmutzt, so beschmutzt wie er sich innerlich fühlt.

Er humpelt zurück zur Ecke, wo Rosenstein warten sollte. Rosenstein ist nicht mehr da.

Ihm bleibt nichts anderes übrig, als bis zur End-station der Linie 2 an der Erdbrustgassse zu gehen und zu hoffen, dass sie noch oder schon wieder fährt.

Er hat Glück, nachdem er den Wilhelminen-berg und die Straßen am Fuße runtergehumpelt ist, sieht er schon eine wartende Bim. Alles ist dunkel nur die Straßenbahn und alles in einem Kreis um sie herum sind von ihrem Licht erleuch-tet. Das sieht wie ein Bild von Edward Hopper aus. So gut es geht, beschleunigt er sein Humpeln. Er darf sie keinesfalls verpassen.

In der Josefstädter Straße, vor dem Haus mit Sissis Wohnung steigt er aus und schellt Sturm. Nichts regt sich, alles bleibt still. Seine Euphorie, als er letztes Mal hier stand, ist verflogen.

An der Haltestelle setzt er sich auf eine Stufe im Eingang eines Hauses und wartet auf die nächste Bahn.

Wenn es nun Sissi war, die ihn gerettet hat? *,Nein, kann nicht sein! Wie soll sie in diese Kreise kommen?'* redet er sich ein.

Die Selbstvorwürfe nehmen ihm den Atem. Wenn dies alles ein Traum ist, dann muss er jetzt wach werden. Er hält das nicht mehr aus. Er spürt förmlich, dass sein Blutdruck gestiegen ist. In seinen Ohren pocht sein Puls. Ihm wird furchtbar heiß, der Schweiß bricht ihm aus. Er hat unsägliche Angst.

Endlich kommt die nächste Bahn. Wieder fährt er dieselbe Strecke, diesmal bis zum Bristol am Ring.

Der Nachtportier wünscht ihm einen guten Morgen. Das ist korrekt um vier Uhr in der Frühe.

„Aber wie sehn's denn aus, der Herr?" Er meint seinen Umhang und die verschmutzte Hose vom Rauswurf. Er hat das ganz vergessen, legt den Umhang auf die Rezeptionstheke, zieht die Hose aus und legt sie daneben. Nachdem er das Ganze mit einem Fünfzig-Euroschein gekrönt hat, schiebt er es rüber zum Nachtportier.

„Bitte könnten Sie sich darum kümmern? Der Umhang und die Maske müssen zu Händen Frau Karan in der Staatsoper abgegeben werden und meine Hose muss kunstgestopft (ja, in Wien gibt's das noch) werden und bräuchte eine Reinigung."

„Aber selbstverständlich der Herr. Wird erledigt. Ich kümmere mich selbst darum.", sagt er mit einer tiefen Verbeugung.

„Ich bin hundemüde. Wie halten Sie es nur aus, Nacht für Nacht hier zu sitzen und wach zu bleiben?"

„Ich schlafe nie! Wenn ich später um acht nach Hause komme, lege ich mich auf's Sofa und döse vor mich hin, hänge Tagträumen nach oder lese ein wenig. Edgar Allan Poe ist mir der liebste Dichter. Kennen Sie das?

A Dream

In visions of the dark night
I have dreamed of joy departed?
But a waking dream of life and light
Hath left me broken-hearted.

Ah! what is not a dream by day
To him whose eyes are cast
On things around him with a ray
Turned back upon the past?

That holy dream, that holy dream,
While all the world were chiding,
Hath cheered me as a lovely beam
A lonely spirit guiding.

What though that light, thro' storm and night,
So trembled from afar
What could there be more purely bright
In Truth's day-star?"

Er ist perplex! Besser hätte der Portier seinen Gemütszustand nicht treffen können, als mit diesem Gedicht. Sowas gibt's nur in Wien, er steht in Unterhose um vier Uhr morgens in der Hotelhalle und lauscht einer Gedichtrezitation.

„Soll ich's eana übersetz'n, der Herr?"

„Nein, Danke. Ich hab den Kern erfasst und fühle mich sehr getroffen! Woher wissen Sie nur, wie ich ... ?"

„Taxler, Köllner und Nachtportiers wissen ois und erkennen ois. Manchmal hab ich mir den Spaß gemacht und was vom Poe auf Wienerisch übertragen. Leider hab ich's nicht zum Reimen gebracht.

Mid'n im Spül von den Wöl'n
steri am grindig'n Strand,
hoid in meina Hand
Kerndl'n vom goidanen Sand.
Vü sans net, und sie rinnan
ma durch di Finga.
Platzn muas i und ois a Rearata denk'n:
Kennt i 's aanes nua hoid'n
und beschütz'n vor denaren Wöl'n.
Is denn ollas Schaun und Schein nua Hiantschechan
nura Draam in am Draam?

Dös ist da zweite Teil von *‚A Dream Within A Dream'* g'fallts Eana?"

„Ja!", ist das einzige, was Anton herausbringt.

113

‚Nur ein Traum im Traum?' denkt er!

Er muss unbedingt gehen!

Er fährt mit dem Lift rauf. Immer wieder denkt er *„... nura Draam in am Draam?"*. Die Frage zieht Kreise in seinem Kopf.

Damit er Dorothee nicht weckt, zieht er sich vollkommen aus, während er noch im Gang vor der Suite steht. Es kommt eh niemand und wenn, wäre das auch egal.

Mit seinen restlichen Sachen überm Arm geht er durch den Vorraum und betritt das Schlafzimmer.

Dorothee schläft unruhig. Sie lacht plötzlich laut und schrill, was sich wie eine Mischung aus Aufregung und Angst anhört. Dann stockt das Lachen und sie beginnt zu weinen und zu klagen. Sie scheint Schmerzen zu haben. Sie träumt schlecht.

Als er sich gerade hinlegen will, wird sie wach.

„Na du, wie spät ist es?"

„Es ist ungefähr vier.", antwortet er kleinlaut. „Tut mir leid, dass ich dich geweckt habe."

„Nein, im Gegenteil. Ich bin froh, dass ich aus *dem* Traum aufgewacht bin." und sie beginnt ihm ihren Traum und die Stunden davor zu beschreiben.

13 Dorothees Traum

Dorothee fragt überhaupt nicht, wie es ihm ergangen ist. Sie scheint gewissermaßen überzulaufen und es drängt sie, alles loszuwerden.

„Weißt du, die Margret ist unheimlich nett. Wir beiden haben auf der Fahrt zurück Freundschaft geschlossen. Überhaupt finde ich diese Reise mittlerweile sehr schön. Ganz anders als ich erst dachte.

Es tat gut, sich mit ihr auszutauschen. Genau wie ich, verbringt sie die Woche damit, auf ihren Mann zu warten, der dann vollkommen ausgelaugt zum Wochenende heimkehrt.

Aber Fred scheint eine bessere Kondition zu haben als du. Du legst die Beine aufs Sofa und brauchst erstmal einen halben Tag, um wieder am Leben teilnehmen zu können.

Margret und Fred gehen in der Regel am Abend nach Freds Heimkehr aus und treffen befreundete Ehepaare.

Wenn es stimmt, was ich zwischen den Zeilen verstanden habe, dann treffen die sie sich nicht nur um zu reden, essen und trinken, sondern ..."

Dorothee schweigt und sieht aus, als hätte sie sich verplappert.

„Sondern?", fragt er.

„Ach weißt du, ich erzähl dir lieber meinen Traum. Margret und ich haben noch Sekt und Baileys miteinander getrunken und dann sind wir auf unsere Zimmer gegangen."

„Du? Sekt mit Baileys?"

„Ja, ich hatte auch einen ordentlichen Schwips. Das Zeug schmeckt so guuuut, mörderisch guut!"

„Kann es sein, dass du immer noch einen Schwips hast?"

„Ja, warum denn nicht? Nach so vielen Jahren. Gar nicht so schlecht. Ich glaube das mache ich nochmal."

Plötzlich springt sie auf, hält die Hand vor den Mund und rennt ins Bad. Er hört sie würgen.

„Kann ich dir helfen?"

„Nein, bitte lass mich allein!"

Sie kommt nach einigen Minuten zurück, etwas käsig um die Nase.

„Uuah, brrrr, bäh! Obwohl ich ihn mir ausgespült habe, habe ich einen fiesen Geschmack im Mund.

Damit steht fest, dass ich das doch nicht nochmal machen werde. Schnell geheilt bin ich."

„Geht's dir gut? Brauchst du eine Aspirin?"

„Nein, lass nur. Danke, dass du dich sorgst.

Also der Traum: Ich lag im Bett und habe gar nicht bemerkt, dass ich eingeschlafen war. Ich meinte, auf dem Sofa im Wohnraum zu sitzen ... äh ... ich saß auf dem Sofa im Wohnraum. Es klopfte und ich sagte ‚Herein'. Fred stand plötzlich im Zimmer vor mir, ohne dass ich geöffnet hätte und lächelte mich an.

Der kann wirklich nett lächeln. Überhaupt habe ich mit Fred meinen Frieden gemacht. Du hattest recht, der ist ganz nett."

Ihm ist, als fiele ihm gerade ein Ziegelstein auf den Kopf. *Was für ein Mist, hatte doch der Blödmann Dorothee für sich eingenommen! Wie kriegt er sie wieder auf's rechte Gleis?'*

„Er öffnete schnell und routiniert die Sektflasche, die auf dem Tisch im Kühler war und schenkte uns ein. Dann setzte er sich in den Sessel mir gegenüber.

‚Wie gefällt dir unser erster Abend, Dorothee?'

‚Also wenn man davon absieht, dass ich leicht betrunken bin, finde ich es super bis jetzt. Das war ein richtig schöner Abend. Aber sei mir nicht böse, jetzt will ich ins Bett.'

‚Sieh mal, wir sind in Wien, für vier Tage. Da sollte man doch alles ausnutzen. Schlafen können wir wieder zu Hause. Lass uns noch was zusammen machen.'

‚Fred, ich weiß nicht ... wenn Anton zurückkommt und ich bin nicht hier ... kommt Margret auch mit?'

‚Klar, wenn du möchtest, kommt sie sicher auch mit. Ich würde mich aber sehr freuen, wenn nur wir beide einmal was zu zweit machten.'

Weißt du, das sagte er in einem Ton, den ich dir nicht beschreiben kann. Mir war in dem Moment, als gäbe es nichts Wichtigeres, als mit ihm zusammen zu sein."

Antons Hände sind geballt, dass die Knöchel weiß hervortreten.

„Ich zog meinen Mantel wieder an und ging mit ihm, nachdem wir unsere Gläser geleert hatten.

Er führte mich runter in die Tiefgarage und statt dieses pompösen Autos, mit dem er uns abgeholt hat, setzte er mich in einen wunderschönen weißen Wagen mit Stoffdach, ein Jaguar glaube ich. Er schloss höflich die Tür hinter mir, ging ums Auto, setzte sich rein und wir fuhren aus der Garage.

Bevor wir auf die Ringstraße kamen, hielt er an und öffnete das Dach. Es war überhaupt nicht kalt. Im Gegenteil ich zog mir den Mantel aus und warf ihn nach hinten.

Dann sind wir um den Ring gefahren und jedes Mal, wenn wir wieder am Bristol waren, sagte ich ‚Nochmal!'

The evening sun touched gently
on the eyes of Lucy Jordan
On the roof top where she climbed
when all the laughter grew too loud
And she bowed and curtsied to the man who reached and
offered her his hand,
And he led her down to the long white car
that waited past the crowd.

Das war genau wie in der *Ballad of Lucy Jordan*, nur dass es nun bei mir eben *nicht* stimmte, dass *ich niemals in einem Sportwagen mit dem Mann, den ich ...* kennst du den Text?"

Sie beendet das Zitat aus dem Lied nicht und ist rot geworden.

In ihm tobt es. ‚*Es war nur ein Traum!*' versucht er sich zu beruhigen. Doch Eifersucht verschwindet nicht so leicht.

„Ja, ich kenne den Text. Du spielst die CD ja dauernd. Es heißt übrigens nicht ‚*mit dem Mann, den sie ...*' sondern ‚*... mit dem warmen Wind in ihrem Haar*'."

„Erzähl weiter!", sagt er barscher als er will. Dorothee merkt es nicht. Sie scheint immer noch in einem Zustand zwischen Traum und Wirklichkeit zu sein. Trotz der Wut gefällt sie ihm sehr und er sieht sie an, als wäre es das erste Mal.

„Nach dem dritten oder vierten Runde um den Ring sagte Fred ,*Ich weiß noch von einer sehr außergewöhnlichen Party. Nur für Eingeweihte und alles vom Feinsten. Was meinst du, sollen wir dahin fahren?*'"

Für mich gab es nur noch diese Party. Ich wollte unbedingt dahin. Hat der wohl NLP mit mir gemacht? Du sagtest doch, dass er damit alle Leute dahin kriegt, wo er sie hinhaben will. Na egal, ich wollte in dem Moment nichts anderes mehr."

Sie ist total aufgeregt und redet immer schneller. Ihn ärgert das!

„Wir sind dann irgendwo von einer der Ringstraßen abgebogen und es ging mehr oder weniger ständig bergauf. Wohin, weiß ich nicht. Ich war beschwipst und die Ringumrundungen hatten mich verwirrt.

Die Häuser und die sie umgebenden Grundstücke wurden immer größer. Es war eine feine Gegend. Mittlerweile konnte man in manchen Kurven sehr schön von oben über das erleuchtete Wien blicken."

Sie plappert, wie ihr die Gedanken kommen. Er ist mit seiner Eifersucht beschäftigt. Eifersucht ist bei ihm bisher nie aufgetreten. Sie kennen sich schon so lange und sie vertrauen einander. ,*Fred, dieser Arsch! Wie kann ich dem das heimzahlen?*'

„An einer Stelle bat ich Fred anzuhalten. Es war unheimlich schön. Ringsum war alles dunkel, weit und breit kein Haus, kein Licht, kein gar nichts, nur die vielen Sterne am Himmel, der laue Wind und diese wunderbare Stadt zu unseren Füßen.

Fred streichelte meinen nackten Oberarm. Ich fragte mich kurz, wie es kam, dass ich ein ärmelloses Kleid trug, kam aber zu keinem Ergebnis.

,Lass' uns weiterfahren, auch wenn's noch so schön ist!' sagte er.

Nicht lange danach hielt er vor einem großen Tor, das aufging, bevor er irgendwas machte. Ganz so, als würden wir erwartet. Das Cabrio rollte fast geräuschlos, nur der Kies vom Weg knirschte, bis zu einem riesigen Haus eine Allee lang, die von Lichtgirlanden gesäumt war.

Die Tür vom Haus stand auf. Man hörte gedämpftes Sprechen vieler Leute und wunderschönes Geigen- und Cellospiel."

,Was war das? Das konnte nicht sein! Beschreibt sie ihm etwa den Ort, an dem er war?'

„Wir stiegen aus und gleich nach dem Eingang eskortierten mich zwei wunderschöne Frauen in Umhängen und mit Masken in eine Art Garderobe.

Die eine nahm einen Umhang und die andere reichte mir eine Maske. Sie zogen mir alle Kleidung aus und warfen mir den Umhang über die Schultern.

Ich hatte kein Problem damit, im Gegenteil ich fand es gut und war sehr erregt. Du weißt, was ich meine? So ohne alles, nicht mal ein Höschen und dann diese Feuchtigkeit, mein Sekret, das auf die Innenseite meiner Oberschenkel tropfte." Ihre Wangen glühen und sie atmet schnell und flach.

Er kann nur nicken und erspart sich jegliches Wort, weder Kommentar noch Nachfrage. In was für einem Zustand ist Dorothee? In welchem Zustand ist er? Noch nie hat sie so mit ihm gesprochen. War es der Alkohol oder war sie noch nicht richtig aus dem Traum zurück?

„Hinter mir stand dann plötzlich ein Mann. Ich kann nicht sagen, ob das Fred war oder ein anderer. Seine Hände fuhren von hinten über Kreuz unter den Umhang und legten sich auf meine Brüste. Er drückte sich von hinten an mich und durch den Umhang und seine Kleidung spürte ich sein erigiertes Glied.

Im Saal standen nun alle im Kreis. An einem Ende des Kreises war ein Mann, der anscheinend nicht in die Versammlung gehörte. Der Mann hinter mir löste sich und trat einen Schritt vor, ebenfalls in den Kreis. Er drohte dem anderen mit Strafe. Warum genau, war mir nicht klar. Eine sehr schöne Frau nur in Highheels und Maske trat in den Kreis und setzte sich für den Eindringling ein, der dann von Dienstboten rausgebracht wurde. Irgendwie hat er mich an dich erinnert.

Von der Decke wurde ein Seil heruntergelassen, der Frau im Kreis wurden die Hände gefesselt und dann an dem Seil befestigt. Es wurde wieder hochgezogen, bis sie nur noch auf den äußersten Spitzen ihrer wahnsinnig hohen Stöckelschuhe stand. Das sah schmerzhaft aus. Danach wurden ihre Beine gespreizt und durch eine Bambusstange, an deren Enden ihre Fußgelenke gebunden wurden, fixiert.

Nun ging eine Person nach der anderen in den Kreis, übernahm von der vorherigen eine kleine Peitsche. Damit wurde die Frau geschlagen. Sie schwieg, nur manchmal zuckte sie, wenn sie an empfindlichen Stellen getroffen wurde. Mir fiel auf, dass besonders die Frauen versuchten, sie schmerzhaft im Schritt oder an den Brustwarzen zu treffen.

Einzelne führten ihr den Peitschengriff sogar ein, vorne und hinten.

Es schien nach einem Ritus abzulaufen. Immer begann der Vorredner und dann kamen die anderen.

Nach dem Peitschen begann wieder der Chef, der sie streichelte und leckte. Auch das wurde von den anderen wiederholt, eine beziehungsweise einer nach der beziehungsweise dem anderen.

Zum Schluss nahm er sie wieder als erster ... vor den anderen ...

Ich war empört und gleichzeitig so erregt, dass ich dreimal kam. Dann wurde ich bewusstlos.

Als ich wieder zur Besinnung kam, lag ich an Stelle der Frau im Kreis auf meinem Umhang. Mein Rücken brannte wie Feuer. Die Brustwarzen, mein Po und die Scheide waren wie wund. Meine Hände waren gefesselt.

Der Kreis löste sich auf und alle gingen. Die Handfesseln konnte ich mit den Zähnen lösen. Ich war mehr tot als lebendig. Schleppte mich aus dem Raum zurück in die Garderobe, wo ich meine Sachen fand und mich anzog. Unsinnigerweise musste ich lachen und weinen gleichzeitig. Da bin ich aufgewacht.

Trotz der Schmerzen war ich selig, unglaublich entspannt und euphorisch. Allein wenn ich daran denke, geht's bei mir schon wieder los. Fühl mal!" und sie legt seine Hand in ihren nassen Schritt.

Auch er ist erregt, eifersüchtig, wütend, empört und weint vor Wut und Enttäuschung. Dann nimmt er sie, wie noch nie zuvor. Immer und immer wieder, ohne jede Rücksicht und ihm laufen Tränen übers Gesicht.

14 Friedhof der Namenlosen

Wie lange sie getobt haben, weiß Anton nicht mehr. Irgendwann fallen sie vollkommen erschöpft auseinander und ringen nach Luft. Er kann noch nicht schlafen und geht ins Vorzimmer, wo immer noch die Champagnerflasche ungeöffnet im Kühler steht. Ja, sie ist wirklich ungeöffnet! Das Eis im Kübel ist längst geschmolzen.

Er macht sie auf und sie trinken noch von dem warmen Champagner. Danach schlafen sie ein.

-:-

Endlich wach, haben sie das Frühstück verpasst und er bittet den Zimmerservice, ein paar Brötchen, Toast, Wurst, Käse und Rührei zu bringen. Es kommt ein opulentes Frühstück, so umfangreich wie er es sich niemals am Buffet zusammengestellt hätte.

-:-

Dorothee ist in fantastischer Laune genau wie Anton. Sie essen wie die Wilden und lachen über jeden Mist, den sie wechselseitig von sich geben.

Seine Eifersucht ist verschwunden.

„Was machen wir denn heute, Anton? Hast du einen Plan?"

„Ich würde gerne mal einen Ort besuchen, an dem wir noch nie waren, den *Friedhof der Namenlosen*. Keine Ahnung, ob sich das lohnt, aber das passt wie nichts anderes zu Wien.

Dort wurden früher alle begraben, die sie aus der Donau gezogen haben. Mittlerweile ist das nicht mehr so, aber der Friedhof wird erhalten.

Es ist riskant. Womöglich ist das ein ganz öder Fleck und ihr seid mir nachher alle böse, weil ich euch dahingeschleppt habe."

„Also ich werde nicht enttäuscht sein. Allein dort Gräber zu sehen und zu wissen, dass es die- oder denjenigen in den Selbstmord getrieben hat ... brrr, ich kriege schon jetzt eine Gänsehaut."

„Ich rufe mal Fred an und frage nach, wo sie sind und ob sie mitkommen wollen."

Sein Handy liegt auf dem Nachttisch und er wählt Freds Nummer: „Ja, auch dir einen Guten Morgen, Fred. Sag mal, habt ihr Lust auf gut Glück zum *Friedhof der Namenlosen* mitzufahren? Ich weiß ehrlich gesagt nicht, ob das was ist, weil ich noch nie dort war." Er erklärt Fred dasselbe, was er Dorothee gesagt hat.

„Ihr geht lieber shoppen? Okay! Schaut euch auch die Adventsmärkte an. Der an der Freyung ist sehr schön und Am Spittelberg findet er in kleinen, alten Biedermeierhäusern statt, wo man von einem Haus zum anderen gehen kann.

Für wann sollen wir uns verabreden? Was hältst du von 18:30 Uhr und wir beginnen den Abend wieder mit einem Heurigen?" Fred ist im Prinzip einverstanden, aber er hätte es heute Abend gerne etwas gediegener.

„Gut! Pass auf, wir können uns auch direkt beim Berger in Grinzing treffen. In Grinzing machen die generell mehr Chichi. Das wird dir gefallen. Es ist auch leicht zu finden. Wenn ihr aus der Straßenbahn Linie 38 an der Endstation aussteigt, geht's unter einem Torbogen durch auf die Himmelstraße. Da geht ihr nach links rauf und auf der linken Seite ist der Buschenschank *Zum Berger*. Wir sind um halb sieben da. Macht's gut, einen schönen Tag ... jaaa, Tschüss oder Baba, wie man hier sagt."

„Gut! Die beiden sind wir erstmal los. Dann werde ich jetzt duschen und wir können bald aufbrechen."

Während er duscht, ist Dorothee im Badezimmer und macht sich zurecht. Sie gibbeln immer noch und freuen sich auf den Tag. Irgendwie sind sie sich näher gekommen. Bisher hatte sie darauf geachtet, dass jeder das Badezimmer allein benutzt.

-:-

Es wird eine komplizierte Anreise. Sie nehmen die berühmte Straßenbahn Linie 71, von der man sagt, *„Er hot'n Anasiebz'ga g'nomma!"*, was bedeutet, dass derjenige tot und auf dem Zentralfriedhof ist. Nachdem früher eine Pferdebahn Tote in Särgen raus zum Zentralfriedhof gebracht hatte, machte das ab 1918 die Linie 71 des Nachts. Sie fährt am Zentralfriedhof lang. Der hat allein vier Haltestellen auf der Strecke, an jedem Tor eine.

Abgesehen vom Zentralfriedhof gibt es noch einige interessante Orte auf der Strecke. Da ist zum Beispiel der Rest des Schlosses Neugebäude, das hinter einem Krematorium liegt. In einer Trilogie, von Monaldi und Sorti in der es um Atto Melani, einen Kastratensänger im Dienste Ludwig XIV. geht, wird berichtet, dass dieses Schloss wunderschön und voller Wunder war. Joseph I. von Österreich wollte es fertigstellen lassen. Es gelang ihm nicht und es wurde später mehr oder weniger ausgeschlachtet, um zum Beispiel Säulen an die Gloriette im Park von Schloss Schönbrunn abzugeben.

Gegenüber vom ersten Tor, dort geht es zum jüdischen Teil des Friedhofs, ist ein altes Gebäude, in dem ursprünglich ein erfolgreicher Steinmetz Grabsteine machte und verkaufte. Er baute sein Geschäft wie ein kleines Schlösschen aus. Heute gibt es darin leckere Schnitzelspezialitäten und es heißt *Concordia Schlössl*. Besonders im Sommer sitzt man dort fantastisch im großen Garten.

Das geht ihm durch den Kopf. Dan sieht er, dass ihm gegenüber eine Frau türkischer oder griechischer Abstammung sitzt, wahrscheinlich Anfang vierzig, sieht aber älter aus. Sie muss mal eine schöne, stolze Frau gewesen sein, die es nicht leicht gehabt hat und wohl sehr arm ist. Ihren Einkaufstrolley, der riesig ist und schwer zu sein scheint, hat sie unter großen Mühen durch die Bahn bis zu ihrem Sitz gebracht. Oben sieht man das Grün von Mohrrüben rausschauen.

An der Haltestelle Svetelskystraße steigt sie aus. Anton überlegt, ob er ihr mit dem Trolley helfen soll, doch sie ist schon raus und wuchtet das Ding von außen die Stufen runter. Von der obersten Stufe fällt er auf die nächste und es bricht dabei der Ständer ab. Den Trolley wird sie nicht mehr benutzen können. Bestürzt stellt er sich vor, wie sie nun nach Hause geht und ihn nicht loslassen kann, weil er umfallen würde. Wird sie sich überhaupt einen neuen leisten können?

Er hätte ihr helfen sollen. Es wäre eine Kleinigkeit gewesen, die der Frau sehr geholfen hätte und ihr und ihm wenigstens einen schönen Moment beschert hätte, doch er hat zu lange gezögert.

Nachdem sie bis zur Endstation Kaiserebersdorf gefahren sind, suchen sie die Haltestelle der Buslinie 76A und stellen fest, dass ein Bus gerade weg ist und der andere in einer halben Stunde kommt.

Es stinkt hier wie mitten in einer Kläranlage. Die Gegend ist öde, nur eine breite Straße, eine Tankstelle und ein Laden von *Hofer*. Er will weg von dem Gestank und Dorothee hat Lust auf was Süßes, also gehen sie da rein. Nach zwanzig Minuten kehren sie mit einer Packung Dominosteine und einer Cola *(ein beziehungsweise das Cola* in Österreich) zur Bushaltestelle zurück. Der Bus steht schon da und sicherheitshalber laufen sie. Die Frau mit dem Trolley macht ihm immer noch ein schlechtes Gewissen.

Der Fahrer tritt gerade neben seinem Bus eine Zigarette aus, hebt die Tschik auf, wirft sie in den Mistkübel und steigt ein.

Eine ältere Dame von circa fünfundsiebzig Jahren sitzt auf der Bank hinter dem Fahrersitz. Sie beginnt ein Gespräch mit ihm.

„Sans noi aufm Sechsasiebz'ger?"

Er antwortet mit starkem Akzent, könnte Türke sein.

„Nein, ich fahre hier oft."

„Na dös wär mir aafg'folln, so a Fescher wie Sie!"

Der Fahrer schweigt verlegen, während sich die alte Dame weiter ranschmeißt.

Dorothee kommt aus dem Lachen nicht raus. Anton ist endlich seine Schuldgefühle los. Schließlich fährt der Bus los. Nachdem er eine Haltestelle angefahren hat, gibt die alte Dame dem Fahrer zu verstehen, dass sie noch weiter muss. Kurz drauf will sie, dass er auf der Strecke zwischen den Haltestellen hält und sie rauslässt, doch er fährt weiter.

Grantelnd steigt sie nun aus. Ihr Charme hat nicht gereicht. Anton geht zum Fahrer und fragt ihn, ob das schon die Haltestelle am Alberner Hafen sei.

Er kann ihn nur schwer verstehen, als der ihm klarmacht, dass es nicht so ist, er ihm nicht helfen kann und Anton aussteigen und auf einen anderen Bus warten solle. Der käme irgendwann, vielleicht in einer halben Stunde oder einer ganzen, keine Ahnung.

Sie steigen überhastet aus. Der Bus fährt weiter. Als sie einige Meter zurückgehen, ist die alte Dame vor ihnen, fluchend. Sie wagen nicht, sie zu fragen. Doch aus einem Gartentor kommt ein älterer Herr heraus und fragt sie, ob er ihnen helfen kann, jedenfalls hat es sich so angehört. Das ist schon kein Wienerisch mehr, wahrscheinlich Schwechater Dialekt.

Als Anton ihm sagt, dass sie zum *Friedhof der Namenlosen* wollen, meint er, sie müssten die nächste links ab, dann bis zu Getreidesilos am Hafen und an denen lang gehen, sicher so *zwoahalb bis draiahalb* Kilometer. Aber er würde sein Auto aus der Garage holen und sie bringen.

Hört sich wie eine endlose Wanderung an. Das Angebot hat die beiden wieder mit dem Tag versöhnt. Aber sie lehnen dankend ab und gehen weiter links ab an einer Haltestelle vorbei in Richtung einer weiteren. Bis der Bus kommt, können sie genauso gut gehen.

Die Straße wird gesäumt von niedrigen Häusern und bäuerlichen Anwesen, hinter denen teilweise große Gewächshäuser sind. Die Getreidesilos sehen sie auf einer Seite und auf der anderen eine Raffinerie. Sie haben Wien verlassen. Ihm ist, als würden sie gegen den kalten Wind der einsamen, weiten, pannonische Tiefebene ankämpfen. Würde ihnen jetzt ein Panjewagen entgegengekommen, so wie man ihn aus alten Filmen vom Einmarsch der Russen am Ende des zweiten Weltkriegs kennt, mit vier gummibereiften Rädern, einem kleinen Pferd unter einem U-förmigen Joch und einem Kosaken an den Zügeln, er würde sich nicht wundern.

Doch schon an der dritten Haltestelle stehen sie den Silos gegenüber. Die zwei-, dreieinhalb Kilometer sind nicht mehr als eineinhalb gewesen. Ein Schild weist über den großen Logistikhof vor den Silos zum Friedhof.

Sie zögern, weil sie durch ein offenes Tor auf das Betriebsgelände gehen müssten, um weiterzukommen. Letztendlich gehen sie und schon bald sind sie an den Silos vorbei, Getreide ist darin, weshalb viele Tauben zu sehen sind. Hinter den Silos ist die Kaimauer am Ufer der Donau. Hier endet die Donauinsel mit ihrer südlichen Spitze.

Dorothee muss mal und er sieht auf dem Hof einen Baucontainer, auf dem WC steht. Sie öffnet die Tür und beschließt, sie wieder zu schließen und die Toilette nicht zu nutzen.

„Ich verdrück's mir lieber!", sagt sie angewidert. Anton hat nichts gesehen, das Klo muss wohl schlimm ausgeschaut haben.

Zum Friedhof geht es einige Stufen hinauf. Er ist wie von einem großen Wall umgeben, liegt in einem Kessel, sicher um ihn gegen Hochwasser von der Donau zu schützen. Alles ist ruhig, nur ein Caterpillar ist zu hören, der auf dem Nachbargrundstück hinterm Wall hin- und herfährt.

Oben auf dem Damm geht man zwischen einem einzelnen Grab links und einer kreisrunden Kapelle auf der rechten Seite vorbei. Auf dem Grab ist ein Kreuz aus Eisen mit einem Christus, einer Laterne und einem Schild auf dem ‚Namenlos' steht. Irgendjemand hat ein rotes Sträußchen oben ans Kreuz gesteckt.

Vom Damm aus sieht man den kleinen Friedhof mit circa sechzig, siebzig fast gleichartigen Gräbern. Von dort gehen zu den Gräbern zwei Treppen herunter, die der Rundung der Kapelle folgen, Art Decó.

Dorothee verschwindet kurz in die Büsche. Er geht die hinteren Stufen hinunter. Doch sie sind nicht allein hier.

An der Kapelle gibt es ein Metallschild:

IM BEREICH ZWISCHEN DAMM-KAPELLE UND HAFENEINFAHRT BEFAND SICH EINST DER ALTE FRIEDHOF DER NAMENLOSEN, DER IM JAHRE 1900 AUFGELASSEN WURDE. 478 OPFER DES STROMES LIEGEN HEUTE NOCH DORT

Die Kapellentür ist auf. Anton schaut rein. Auf einer Kniebank ist ein alter Herr, der leise betet. Vor ihm ist ein offener Sarg mit einer wunderschönen blassen, nackten Frau mit wallenden, rotbraunen Locken darin. ‚Sissi?' fährt's ihm durch den Kopf.

Der alte Mann steht nun auf, deckt sie liebevoll zu, wuchtet den schweren Deckel auf den Sarg und schraubt ihn an den Schrauben mit kreisförmigen Handgriffen sorgsam zu.

Dann dreht er sich zu Anton um und komplimentiert ihn mit Gesten, ohne Worte aus der Kapelle. Anton traut sich nicht, ihn etwas zu fragen.

Draußen geht er zu einem frisch ausgehobenen Grab, nimmt die dort stehende Schaufel, macht sie sauber, legt sie sich über den Rücken und geht die linke Treppe zum Ausgang hoch.

Die Bestattung folgt wohl später.

Dorothee kommt fast gleichzeitig auf der rechten Treppe herunter.

Ihm ist schlecht. Er setzt sich auf eine Bank, die links am freien Bereich des Friedhofs unter einer Tanne steht, an der ein eisernes Kreuz mit einer Jesusfigur und eine kleine Laterne hängt, beides so, wie es auf den meisten Gräbern ist. Er muss seinen Fuß fest auf den Boden stellen, sein Knie wippt sonst auf und nieder und seine Hände zittern stark.

Er schaut nun auf ein Grab, das zusätzlich zum gusseisernen Kreuz mit Laterne und Schild noch mit vielen Plüschtieren bedeckt ist. Da liegt ein Kind begraben.

Dorothee setzt sich neben ihn. Auch sie scheint sehr beeindruckt zu sein.

„Dieser Friedhof ...", sie räuspert sich „er versetzt mich in eine traurige Stimmung!", murmelt sie leise. Sie bemerkt nicht, dass Anton mit der Fassung ringt.

Wie lange sie hier schweigend nebeneinander sitzen, weiß er nicht. Er ist voller Selbstvorwürfe, ist so gut wie sicher, dass es Sissi ist und dass sie seinetwegen gestorben ist. Sie hatte in einem Unrecht, sie werden sich nie mehr wiedersehen!

„Anton, ... Anton! Sag mal bist du eingeschlafen?"

„Ich weiß es nicht. Ja, ich muss wohl eingenickt sein. Hast du den alten Mann gesehen, der da mit der Schaufel die Treppe hoch gegangen ist?"

„Welcher Mann? Nein, aber vielleicht ist er hoch, während ich auf der anderen Seite heruntergegangen bin?"

„Ja, so war es wohl ...?" Von Sissi will er ihr nichts erzählen. Sie sieht ihm an, dass nicht *alles raus ist*, er ihr nicht alles gesagt hat.

„Das Kindergrab ist besonders bedrückend und überall die Schilder ‚*Namenlos*' und ‚*Unbekannt*'. Dieser Friedhof wirkt sehr auf mich, dabei ist er eigentlich nicht schön oder etwas Besonderes, realistisch betrachtet." Sie schaut ihn immer noch fragend an und beißt sich auf die Unterlippe.

Mit diesem Friedhof sind sie beide noch nicht im Reinen. Sie gehen. Sich jetzt noch weitere Gräber anzuschauen, bringt er nicht fertig.

Zurück über den grauen, tristen Silohof, vorbei an den Tauben, die in verschüttetem Getreide picken, gehen sie zur Bushaltestelle, die direkt im

Knick liegt, den die Alberner Hafenzufahrt hier macht

Es dauert zehn Minuten bis der Bus kommt. Ehrlich gesagt, hätte er sich nicht gewundert, wenn nie einer kommen würde. Auch wenn dauernd irgendwelche großen LKW auf den Hof zu Schenker oder zu den Silos fahren, ist das hier für ihn der verlassenste, traurigste Winkel auf der Welt.

Die Busfahrt dauert lange. Diesmal fahren sie bis zum Enkplatz und nehmen den 71er in die Innenstadt. Erst spät reden sie wieder miteinander.

15 Hilde Brahm

Sie fahren bis zur Ringstraße. Dort nehmen sie eine andere Linie, mit der sie den Ring gegen den Uhrzeigersinn fahren. An der Urania-Sternwarte geht es vorbei bis zur Station Schwedenplatz, wo gerade ein Flohmarkt stattfindet. Eine willkommene Abwechslung.

Dorothee und Anton steigen aus. Er findet mal wieder ein fantastisches Buch, genaugenommen zwei von Ödön von Horvath aus einem DDR-Verlag in einem Schuber und zwei CDs, eine mit Fritz Muliar und die andere mit den Schwestern Stemberger.

„Das ist mal wieder typisch, ich will zum Trödel und du findest was!", mault Dorothee.

Sein Magen meldet sich.

„Lass uns eine Kleinigkeit essen da in der Anker-Filiale." Sie gehen hinein, kaufen sich zusammengerollte Fladenbrote, Wraps mit Salat und Thunfisch und zwei Melange, die sie dann im Anker verzehren wollen.

Der Gastraum ist hinten rechts. An der linken Wand zieht sich eine lange Bank mit mehreren Tischen davor entlang und vor Kopf stehen noch zwei Einzeltische mit je zwei Stühlen. Sie nehmen den linken, freien Tisch.

Es ist eng und neben ihm am Nachbartisch sitzt eine alte Dame. Sie trägt einen dünnen Mantel, den sie frierend um sich geschlungen hat. Sie ist dünn und ihre Schulterknochen bohren sich fast durch den abgetragenen Mantelstoff. Vor sich hat sie einen Rest von Gebäck, das sie mit ihren sehr dünnen, alten Fingern, die sich wie die Beine einer Gottesanbeterin bewegen, krümelweise vom Teller nimmt und in den Mund steckt.

Anton und Dorothee haben kaum aufgegessen, als die Dame sie anspricht: „Woher kommen Sie?"

„Wir sind aus Dortmund. Das liegt in Deutschland im Ruhrgebiet."

„Ich kenne Dortmund!", sagt sie. „Ich gehörte in den sechziger Jahren dort als Mezzosopran zum Opernensemble unter dem große Wilhelm Schüchter. Haben Sie schon von Schüchter gehört?"

Dorothee nicht, aber Anton war als Schüler manchmal in Theater und Oper gegangen, ‚Zar und Zimmermann', ‚Die Zauberflöte' mit der Schule. Das war auch in den Sechzigern. Womöglich hatte er die Dame damals auf der Bühne gesehen.

„Doch, Wilhelm Schüchter sagt mir was. Ich habe als Schüler in den Sechzigern Abonnements gehabt und vielleicht habe ich Sie damals singen hören."

„Ja womöglich, ich wohnte in Dortmund und wir haben wilde Partys gefeiert in meiner Wohnung. Da gab es einen Tenor aus Münster, der hinter mir her war ... ach ja ...", sie seufzt.

„Und ob Sie es glauben oder nicht, ich habe auch unter Herbert von Karajan gesungen. Es gibt eine Aufnahme von der ‚Fledermaus', auf der Karajan alles was Rang und Namen hatte, zusammengeholt hat und mich hat er die Rolle der Ida singen lassen, eine kleine Rolle, aber immerhin.

Ab da hatte ich es geschafft. Mein Agent sagte immer ‚Weißt du, Hilde, wenn du beim Karajan auch nur hättest furzen müssen, dann wärst du schon berühmt.'

Das ist immer noch ein schönes Album mit Waldemar Kmentt, Hilde Gueden, Erika Köth und als Zugabe noch einige Gaststars, die Arien daraus gesungen haben zum Beispiel Renata Tebaldi, Mario del Monaco, Joan Sutherland und so weiter."

„Dann sind Sie Frau Brahm, richtig? Ich habe das Album als Doppel-CD zu Hause."

„Sehen Sie, das freut mich aber sehr. Ja, mein Name ist Hilde Brahm-Rüden. Mein Mann ist leider lange tot."

Sie trinken ihre Melangen, die schon etwas kühl geworden sind. Frau Brahm erzählt ihnen von Münster, von Barcelona, wo sie die ‚Carmen' und in ‚Hänsel und Gretel' die Hexe gesungen hatte und zu allen Episoden hat sie Zeitungsausschnitte und alte verknitterte Fotos dabei.

Es ist wie im Traum. Auch wenn sie sich oft wiederholt, so erzählt sie doch packend und von Dingen, die man nicht alle Tage hört.

Sehr schön war auch ihr Bericht über einen Wettbewerb, den sie fast gewonnen hätte, wenn nicht … Die Gemeinde Salmannsdorf ist sehr klein und liegt hinter Oberdöbling und Neustift am Walde im 19. Bezirk von Wien. Frau Brahm erzählt ihnen, dass diese Gemeinde festgestellt hatte, dass ihr noch eine Hymne fehlt. Zu einem Jahrestag erging eine Ausschreibung, an der sich Hilde Brahm-Rüden beteiligte und gemäß ihrem Bericht gewonnen hätte, wenn sie ihren Beitrag rechtzeitig eingesandt hätte. So war sie dann verspätet und der Wettbewerb war aufgehoben worden, weil sich niemand beteiligt hatte.

„Bitteschön, ich schenke Ihnen eine Aufnahme davon." und sie gibt ihm eine gebrannte CD. „Ich habe zwar gewonnen, schon weil ich den einzigen Beitrag dazu gebracht hatte. Die Salmannsdorfer haben das nie anerkannt und später so getan, als hätte es den Wettbewerb nie gegeben. Hier ist noch ein Foto, auf dem zu sehen ist, wie ich es denen vorsinge." Auf dem Foto ist sie einige Jahre jünger und sehr aufgekratzt in ihrer Abendrobe.

„Aber was haben Sie denn da im Sackerl?", kommt es nun ganz neugierig und indiskret von ihr.

Einkaufstüten sind in Wien ‚Sackerl‘. Ich lege meine neuen Schätze auf den Tisch. Sie tippt auf die Muliar-CD und sagt, dass die gut sei, aber diese Stem*ber*ger ..., den Namen betont sie auf der zweiten Silbe und das *Diese* ist schon sehr verächtlich. Der Satz bleibt unvollendet. Sie ist sicher fast Neunzig und beherrscht das Stutenbeißen immer noch. Doch sie hatte recht.

Es folgt eine Liste bekannter Frauennamen aus Kunst und Kultur. Sie aufzuzählen wäre nicht fair, weil sie an ihnen kein gutes Haar lässt. Die eine ist keine große Sängerin, sondern nur eine mittelmäßige Hausfrau und so weiter. Nur die Netrebko lässt sie (neben sich) gelten.

„Sammeln Sie Bücher und CDs?" und bevor er antworten kann, fährt sie fort „Ich sammle Pornouhren!" Sie schaut besonders ihn erwartungsvoll an.

„Entschuldigung, was sammeln Sie?"

„Pornouhren und passende Chatelaines!" Sie ist sichtlich mit seiner Reaktion zufrieden. Hinter seinem Rücken kichert jemand. Er dreht sich um und sieht eine weitere ältere Dame, die auf der langen Bank an der Wand sitzt und gebannt ihrem Gespräch zu folgen scheint.

Beim Begriff *Pornouhr* geht seine Vorstellung in Richtung protziger, aufgemotzter, großer Herrenarmbanduhren. Jugendliche bei ihm zu Haus verwenden für so etwas den Zusatz *Porno*, wie zum Beispiel auch *Pornokarre* für PKW mit vielem Zubehör, breiten Felgen und Reifen, Anbauten und so weiter. Aber bei einer fast neunzigjährigen Dame klingt der Begriff fehl am Platze.

Hilde Brahm kramt in ihrer großen Handtasche, worin sie ihr Leben zu haben scheint. Auf ein paar zerknitterten Zetteln hat sie Ausdrucke von ihren Schätzen. Es sind keine Armbanduhren, sondern Taschenuhren, die alt aussehen und wunderbare, bemalte Zifferblätter haben, im Stil des Fin de Siècle. Es muss eine wahnsinnige Arbeit gewesen sein, diese kleinen schönen Bildchen so detailreich auf die Zifferblätter zu bekommen.

Auf einem Zifferblatt sitzt ein junger Mann mit einem Strohhut am Ackerrain zwischen Gras und Blümchen. Eine junge, schöne Dame steht vor ihm und gießt mit einer kleine Gießkanne aus Blech, wie sie die Kinder früher im Sandkasten hatten, ein einsames Pflänzchen. Die junge Dame hat außer einem dünnen, durchsichtigen Chiffonblüschen, aus dem vorne eine ihrer straffen Brüste mit fester, hervortretender Brustwarze schaut, noch Strümpfe mit Strapsen und einen Strohhut an. Das Pflänzchen, das sie gießt, ist der Sekundenzeiger der Uhr und auch wenn Stunden- und Minutenzeiger ganz normal sind, ist es der Sekundenzeiger nicht. Er befindet sich im Schoß des jungen Mannes und ragt mit einer roten Spitze aus seiner Hose heraus.

Jetzt weiß Anton, was eine Pornouhr ist. Frau Brahm zeigt ihnen weitere Bilder von weiteren Uhren und Dorothee und Anton können ihr Lachen nicht mehr unterdrücken. Den größten Spaß haben dabei Frau Brahm und die andere alte Dame auf der Bank.

Mal ist es ein Förster, der auf dem Waldboden sitzt und sich an einen Baum lehnt. Auch bei ihm wächst der *Sekundenzeiger* aus der Hose, dem sich eine holde Maid auf allen Vieren mit offenem Mund nähert, deren Po und Scheide mit großer Akribie gemalt wurden. Dann ein Schiffsoffizier aus Admiral Drakes Zeiten mit einem Dreispitz auf dem Kopf, der eine junge Dame an ihren Fußgelenken hochzieht und dabei ihre Beine auseinanderspreizt ... Allen Uhren ist der Sekundenzeiger gemeinsam.

„Wissen Sie was, diese Fotos sind schlecht. Ich gehe schnell nach Hause, das ist gleich ums Eck und hole ein paar von meinen Uhren. Sie bleiben da und passen auf meine Tasche auf."

Mit ansehnlichem Tempo hat sich die Achtundachtzigjährige erhoben, ihren Mantel zusammengerafft und huscht aus dem Anker.

Dorothee und Anton sehen sich verblüfft an. Nun sitzen sie schon fast eine Stunde hier und hören Hilde Brahm zu.

Wieder kichert die alte Dame hinter ihm und er dreht sich zu ihr um.

„Ja, das macht sie mit allen, die sich in ihre Nähe setzen. Sie ist eigentlich jeden Tag mehrere Stunden hier im Anker und wartet auf Leute, die sie ansprechen kann."

Es dauert wirklich nicht lange und Frau Brahm ist zurück. In der Hand hat sie einige ihrer Uhren und die nun sozusagen live in der Hand zu haben und zu sehen, wie die Sekundenzeiger bei allen auf und nieder zucken, löst bei ihnen Lachsalven aus.

Manche der Uhren sind aus schwerem Silber. Alle haben Kettchen mit Münzen oder aus dünnen Silber- und Golddrähten geflochtene Anhänger, die sogenannten Chatelaines angehängt. Die ließ man aus der Uhrtasche an der Weste - Frau Brahm spricht vom *Gilet* - baumeln und konnte daran die Uhr schnell herausziehen.

Mit seinem Handy macht Anton von allen Uhren Aufnahmen. Das glaubt ihm niemand, wenn er das zu Hause erzählt.

Sie bemühen sich, sich langsam aus dem Spinnennetz von Hilde Brahm zu befreien. Obwohl jede Minute lustig und interessant war, wollen sie nun weiter.

Zum Abschied gibt sie ihnen noch einen Tipp. „Jetzt, zum späten Nachmittag hin, wenn die Sonne langsam niedriger steht, müssen Sie zum Belvedere gehen. Fahren Sie zum Schwarzenbergplatz und von da zum Unteren Belvedere. Gehen Sie hinein bis in den Park und gehen Sie dann rauf zum Oberen Belvedere. Wenn Sie sich öfter dabei umdrehen oder sogar rückwärtsgehen, sehen Sie, wie Wien für Sie aus dem unteren Gebäude förmlich herauswächst. Für mich ist das einer der schönsten Anblicke.

Ich wünsche Ihnen noch schöne Tage in Wien und wenn Sie mir von Ihren Fotos welche schicken würden ...?" Sie gibt ihm einen Zettel mit ihrer Adresse und er verspricht ihr einen Brief mit den ausgedruckten Fotos.

Es war das Beste, was ihnen nach dem erschreckenden Erlebnis auf dem Friedhof passieren konnte. In der Straßenbahn zurück zum Schwarzenbergplatz haben sie noch viel Spaß an dem Gespräch und der Begegnung.

Und Frau Brahm hat Recht. Der Tag ist schön geworden. Der künstliche Horizont, den das Untere Belvedere, seine Mauer und seine Dächer bilden, grenzt anfangs den hellblauen Himmel unten ab. Schon nach einigen Metern taucht wie aus einem stillen See die Spitze vom Steffl auf. Immer

147

mehr Gebäude gesellen sich dazu und oben angekommen, liegt ein wunderschöner Blick vor ihnen.
Die Stadtlinie ist oben eingerahmt durch den
Himmel, der von den Gebäuden nach oben von
einem strahlenden Rot, zu einem ebenso strahlenden Orange, Gelb, Grün letztendlich in das Hell-
blau des Himmels übergeht.

Wenn er in Wien wohnen würde, würde er diesen Gang möglichst jeden Abend machen. Trotz
der Kälte, es wird kühl zum Abend, setzen sie sich
noch auf eine der Bänke und schauen auf die Stadt.
Es ist um diese Zeit nicht leicht, dort einen freien
Platz zu finden.

Anton fällt ein Text von Karl Kraus ein und er
sagte ihn für Dorothee auf:

*‚Einen Platz an der Sonne erhaschen, nicht leicht,
denn ist er erreicht, ist sie untergegangen ...‘*

16 Grinzing am Abend

Die Linie 38 fährt gerade in einer Schleife an ihre Endstation, die zwischen zwei Häusern an der Himmelstraße liegt. Es gibt einen Kebapstand, der für das passende Ambiente sorgt, was den Geruch angeht.

Es ist schon seit langem dunkel. Nach einigem Trödeln haben sie es mit Ach und Krach geschafft, hier um Viertel nach sechs anzukommen. Man vergisst immer, wie lange die Bims zu den Außenbezirken unterwegs sind.

Am Kebapstand vorbei gehen sie durch den Torbogen und nach links die Himmelstraße rauf. An den Geschäften und Häusern sieht man schnell, dass es hier eine bevorzugte Wohnlage ist. Die Touristen aus aller Welt schleppen ihr Geld den Berg rauf und lassen es, bevor sie wieder runterfahren, oben in den Heurigen.

In der *10er Marie* in Ottakring hatten sie es gesehen. In einem Flügel ist alles renoviert und sehr ansehlich eingerichtet und im anderen ist das Mobiliar älter, hat Patina. Ihn zieht's eher in den älteren Teil, wie gestern Abend der Schankraum der 10er Marie.

Die Grinzinger Heurigen, soweit sie im Dorf liegen, sind alle renoviert und gewissermaßen Pracht-Heurige. Man trifft darin mehr Touristen als Wiener. Doch auch hier ist der Wein gut und es kann sein, dass abends Musik gespielt wird.

Beim Berger setzen sie sich in einen schönen Gastraum an einen gedeckten Tisch. Gegenüber ist es gemütlicher, aber er hatte es Fred versprochen. Er ruft ihn kurz an und sagt ihm, wo sie sind.

Es dauert nicht lange, da kommen die beiden durch die Tür und als hätten sie darauf gewartet, fangen zwei Männer, einer mit wenigen Haaren und an die Siebzig und der andere vielleicht Fünfzig mit graumeliertem, dichtem Haar an zu spielen und zu singen. Der Ältere auf der Gitarre und der andere auf einem Akkordeon. Der Alte singt:

„I führ' zwa harbe Rappen,

Mei' Zeug dös steht am Grab'n,

A so wie dö zwa trappen

Wer'ns net viel g'sehen hab'n.

...

Mein Stolz is, i' bin halt an aecht's Weanakind,

A Fiaker, wie man net alle Tag' find't,

Mein Bluat is so lüftig und leicht wie der Wind,

I bin halt an aecht's Weanakind."

DAS Wiener Fiakerlied schlechthin! Es hört sich an, wie von einer alten Schellackplatte, nur dass es nicht knistert. Das klappt, als hätte Anton es so bestellt.

Fred grinst und Margret lächelt erfreut. Auch wenn diese Lieder sicher nicht mehr in den Zeitgeschmack passen, in der richtigen Umgebung wirken sie Wunder und schaffen bei fast allen eine gemütliche Stimmung.

Sie kommen an den Tisch. Fred begrüßt Dorothee und schenkt ihr sein strahlendstes Lächeln, genau wie Anton Margret. Fred schaut verschwörerisch, als er und Anton sich die Hand geben, zieht ihn zu sich und flüstert. „Na, hast du's gestern Nacht noch krachen lassen?"

Dem geht es nicht um den Erhalt der harmonischen Stimmung.

„So hab ich mir einen Heurigen vorgestellt!" Fred sagt das sehr laut und schaut sich besitzergreifend im Raum um. „Das ist schon ganz was anderes als der Bums gestern. Hier kann man doch sicher à la Carte essen?"

Fred, wie ich ihn kenne, großspurig, anmaßend und unhöflich. Dorothee schaut ihn fragend an, so als würde sie gerade den guten Eindruck vom Vorabend revidieren.

„Nun setzt euch doch bitte. Wir haben noch nicht bestellt, weil ich dir die Wahl des Weins überlassen wollte, Fred."

Er schaut in die Weinkarte, macht ein fachmännisches Gesicht und tippt auf den teuersten Rotwein. „Was meinst du, ist der wohl was?"

'Blaufränkisch Classic aus dem Südburgenland' steht da. „Das ist kein Wein aus Wien, aber wenn du meinst. Am liebsten wäre mir ein 'Gemischter Satz', aber ob es den hier gibt?"

„Was ist denn das?"

„Habe ich mir letztes Mal erklären lassen. Also ein ,Gemischter Satz' ist das Resultat einer Absicherungsmaßnahme gemäß einer alten Tradition. Früher, als es noch nicht die heutigen Möglichkeiten zur Schädlingsbekämpfung gab, bauten die Winzer auf einem Teil ihres Gebietes verschiedene Rebsorten gemischt zusammen an. Wenn eine davon nicht gut wurde, weil es zu heiß, zu trocken oder zu nass war, waren andere Sorten dabei, die davon profitierten. Alle Trauben wurden zusammen gelesen und gekeltert. Das Ergebnis ist immer ein anderes und so eine Art Wundertüte."

„Nee, nee, Wundatüte kommt ma nich inne Tüte!", berlinert Fred und gibt den perfekten Piefke. Die Kellnerin ist da und er bestellt den Blaufränkisch Classic. „Haben Sie auch eine Speisekarte?"

Sie schauen in die Karte. „Sag mal Anton, was sind denn Blunzn? Hört sich schlimm an." Margret schaut ihn über ihre Karte hinweg an.

„Das ist Blutwurst und wird in der Regel gebraten serviert."

„Blutwurst, brrr, nein, ich nehme die Gansl Reispfanne!"

Fred wählt das Hirschragout und Margret und Anton nehmen Gröschtl, ohne Blunzn.

Der Wein ist wirklich gut und auch der Most schmeckt Dorothee. Der Raum sieht aus wie aus einem kleinen Jagdschlösschen. An den Wänden hängen Reh- und Hirschgeweihe. Die Decke ist mit wunderbarem Stuck verziert. Alte Möbel runden das Bild ab.

Das Essen ist gut und schon steht die zweite Flasche Wein auf dem Tisch.

Während sie essen, erzählt Margret ganz begeistert, wie sehr ihr der Weihnachtsmarkt am Spittelberg gefallen hat. Sie waren stundenlang dort. Fred schaut ihn genervt an.

„Mir hat der Punsch gut geschmeckt, die Häuschen dort waren nett, aber all' dieser Kunsthandwerkskram ist nicht mein Ding. An der Freyung gefiel es mir besser, da spielten sie auf einer Bühne Musik und der Punsch war noch besser.

Aber wie war denn euer Friedhofsbesuch? Habt ihr auch Blümchen hingestellt?" Die Frage klang nicht interessiert sondern spöttisch.

„Grauslig war's!", antwortet Anton. „Als wir hinkamen sah ich eine aufgebahrte Frauenleiche. Die muss lebend wunderschön gewesen sein und hatte Ähnlichkeit mit dir, Margret!", entfuhr es ihm ungeplant. Stimmt, Margret und Sissi haben ... hatten große Ähnlichkeit miteinander. Irgendwie hat er wieder das Gefühl, dass da was gewesen ist, was nur er allein erlebt hatte ... oder geträumt? Er wird noch wahnsinnig.

„Jetzt hör aber auf. Wie du siehst, bin ich hier und lebendig wie eh und je."

„Nein, ich meine auch nur. Sie hatte auch so schönes rotbraunes Haar wie du und das weiße Kissen war fast vollkommen bedeckt von ihren glänzenden Locken. Ein alter Mann hatte sie zurechtgemacht und kurz nachdem ich da eintraf, machte er den Sargdeckel zu."

Sogar Fred hat zu grinsen aufgehört. Dorothee schaut Anton kritisch an, sagt aber nichts.

„Ich war total überrascht. Nachdem, was ich vom Friedhof der Namenlosen gehört habe, wird da niemand mehr begraben." Das fiel ihm jetzt erst ein. Auf dem Friedhof fand er alles ganz normal.

„Entschuldigens, der Herr! Sie haben recht, da wird keiner mehr begraben, schon seit den dreißiger Jahren nicht mehr. Da gab's einen Herrn Fuchs, Josef, der hat die Gräber gepflegt bis sechsundneunzig, wie er gestorben ist. Und er hat eine Medaille vom Land dafür bekommen." Unsere Kellnerin steht am Tisch in ihrem Dirndl und blickt sehr ernst und betroffen.

„Aber wir haben heute ein offenes, frisch geschaufeltes Grab gesehen und in der Kapelle ist eine Frau von einem alten Mann aufgebahrt worden." Seine Information, dass dort niemand mehr begraben wird und die Bestätigung der Kellnerin geben ihm zu denken. Dorothee schaut ihn mit krauser Stirn an.

„Das kann nicht sein! Sind's sicher?" Sie dreht sich um und geht zu einem anderen Tisch, wo sie ganz aufgeregt mit den Gästen spricht. Es scheinen Bekannte von ihr zu sein. Die drehen sich um und sehen böse zu Anton rüber, böse und so, als hielten sie ihn für verrückt. Dorothee und Anton schauen sich an und - wie manchmal, wenn er sehr beeindruckt ist - bekommt er eine Gänsehaut im Gesicht.

„Hört auf! Mir ist schon ganz gruselig. Habt ihr nichts Schönes erlebt?" Margret hat unseren Blick mitbekommen und auch, dass sich meine Bartstoppeln aufgerichtet haben.

Ja, Schönes können sie auch erzählen und Anton fragt als nächstes, was Margret und Fred bei dem Wort ,*Pornouhr*' einfällt.

Erst als er die Fotos auf seinem Handy gezeigt hat, auf denen auch hier und da die alten Spinnenfinger von Hilde Brahm zu sehen sind, glauben die beiden seinen Bericht. Fred will Antons Handy gar nicht mehr aus der Hand geben. Er lacht dauernd und stößt ab und zu Laute wie „Boah" aus. Wahrscheinlich wird er demnächst auch Sammler.

Margret hat pflichtschuldig gelacht und sich schon längst abgewendet. Richtig gelacht hat sie, als sie ihr von der alten Dame erzählt und deren flotte Sprüche wiedergegeben haben. Jetzt spricht sie mit Dorothee über die Resultate des Shoppingtages.

„Wollt ihr morgen wieder shoppen gehen? Ich hätte sonst vorgeschlagen, sich morgens den *Narrenturm* anzusehen, das lohnt sich wirklich."

„Narrenturm? Was kann man da sehen?" Fred ist zurück im Kreis und das Handy auch.

„Das ist wohl die erste Irrenanstalt der Welt. Der Sohn von Maria Theresia, Joseph II. war ein sehr fortschrittlicher Herrscher und ließ das Gebäude zur Unterbringung psychisch Kranker, also als Irrenhaus erbauen.

Jetzt ist zum einen das Gebäude mit seiner Bauweise zu sehen, es ist kreisrund und man kann sich vorstellen, wie die Irren, so sagte man damals, dort in ihren kleinen Zellen zur Außenwand hin untergebracht waren. Zum anderen sind in den Zellen mittlerweile Tausende Präparate von Pathologen durch die ganze Geschichte zu sehen, angefangen von abgeschnittenen Fingern in Spiritus, über Augen, Embryos und so weiter und auch medizinisches Anschauungsmaterial, das durch Wachsabgüsse erstellt wurde, von Furunkeln und anderen Absonderlichkeiten an menschlichen Körpern. Das ist hochinteressant!"

„Langsam ist aber genug, Anton! Schon wieder sowas Gruseliges.", kommt es angewidert von Margret.

„Nee, komm Margret, das sehen wir uns auch an, aber morgen?"

„Wenn, müssen wir morgen hin. Soweit ich weiß, haben die dort nur noch samstags geöffnet." Dorothee und Anton waren einige Jahre hintereinander mehrfach erfolglos dort, weil ständig die Öffnungszeiten eingeschränkt worden sind.

„Okay, sehen wir also zu, dass wir morgen gegen zehn vom Hotel aus dorthin starten?", setzt sich Fred über Margrets erneuten Einspruch hinweg.

„Und was machen wir jetzt?", fragt er und reibt sich die Hände.

Der letzte Abend hat Anton gereicht und er weiß immer noch nicht, ob und wie er Dorothee auf die Abendgestaltung für Samstag vorbereiten soll, die Fred geplant hat.

„Also nimm es mir nicht übel, aber gestern war es schon spät. Heute will ich spätestens um elf im Bett sein. Deshalb möchte ich für meinen Teil nun aufbrechen. Die Bim braucht auch noch wenigstens eine halbe Stunde."

„Spielverderber! Pennen können wir, wenn wir wieder zu Hause sind und die Straßenbahn braucht ihr auch nicht, weil wir mit dem Auto hier sind." Fred ist sichtlich sauer.

Doch auch Margret und Dorothee wollen ins Hotel.

„Welchen Wagen hast du denn dabei?"

„Wie *welchen Wagen*? Den geliehenen BMW GT natürlich, was denn sonst?"

„Mir war so, als hättest du wechseln wollen!", weicht Anton aus. „Hattest du nicht zu viel Wein, um zu fahren?"

„Es waren gerade mal zwei kleine Gläser Wein. das geht schon. Aber nun lass uns auch abhauen. Ich schau mal, ob ich nicht noch alleine losgehe." Er ist knurrig.

17 Das Begräbnis

F red fügt sich wunderbar in Wien ein, denn er grantelt wie *Herr Karl*, das ist eine Figur aus einem Einmann-Stück, das Helmut Qualtinger aufgeführt hat. Darin nörgelt und grantelt ein Wiener über alles, Gott und die Welt. Anton ist es egal, er ist nur froh, dass er den Beistand der beiden Frauen hat. Übel gelaunt versucht Fred es noch im Hotel mit dem üblichen Absacker, aber niemand hat Lust, Anton schon gar nicht!

Grantelnd schickt er Margret nach oben und sie fahren zu dritt im Aufzug. Die Situation ist etwas peinlich für sie, weil sie Freds unwirsches Verhalten vergessen machen möchte, für Anton, weil er das bemerkt hat und vermeiden will, sie falsch anzusprechen ... und für Dorothee?

„Kommst du noch kurz mit zu uns, Margret? Ich würde gern noch ein wenig mit dir quatschen."

„Quatschen? Sehr gerne, aber komm du doch zu mir rüber, dann kann Anton ungestört schlafen gehen."

„Danke Margret! Ja, nehmt's mir nicht übel, aber ich bin total kaputt, deshalb wär's mir lieb, ihr unterhaltet euch bei Margret. Schlaf gut, mein Schatz!" Er gibt Dorothee einen Kuss und wünscht auch Margret eine gute Nacht.

Beide laufen weiter und lassen ihn allein. Er geht ins Zimmer und sieht zu, dass er ins Bett kommt. Kaum dass er liegt, ist er auch schon eingeschlafen.

-:-

Mal wieder einer dieser fürchterlichen Träume: *Er hat ein Problem bei Seligmann, weiß dass er Mist gebaut hat und kann es nicht allein klären, aber auch nicht dem Kunden eingestehen. Diesmal läuft ihm im Traum Fred über die Füße.*

„Sag mal, stimmt das, was ich da gesehen habe? Hast du dem Thau eine Mail geschickt, die für den Kunze bestimmt war?"

Kunze ist das Gegenstück von Thau bei Knauerbruch. Dort ist er der IT-Leiter. Wenn Thau eins und eins zusammenzählt, kann er aus der Mail schließen, was ihre tatsächliche Aufgabe ist.

„Ja, das stimmt, versehentlich, aber ich bringe das in Ordnung!"

„Mensch, wenn der hinter den wahren Inhalt unseres Auftrags kommt, sind wir geliefert."

Anton bricht der Schweiß aus. Das gesamte Projekt hängt am seidenen Faden. Noch nie war er in so einer Situation. Es gibt nur zwei Möglichkeiten, das in Ordnung zu bringen: Er geht zu Thau und sagt ihm die Wahrheit oder er liefert Thau eine plausible Erklärung, warum er Kunze einbezogen hat. Er wird letzteres ver-

suchen. Wenn Thau das nicht schluckt, geht das Projekt den Bach runter. Also doch nicht? Er schwankt hin und her, findet keine Lösung.

Plötzlich hat er ein wahnsinniges, schmerzhaftes Brennen im Körper, dass sich vom oberen Magen her bis rauf in seine linke Seite zieht. Sogar sein linker Kiefer tut weh. Steht er vor einem Herzinfarkt? Der Gedanke macht's noch schlimmer. Es ist wie eine Rückkopplung von Mikrofon und Lautsprecher. Was in ihm vorgeht, ist zwar geräuschlos, wächst aber schnell und reißend wie ein Strom bei Schneeschmelze an. Er hat Angst, die sich wahnsinnig schnell zur Todesangst hochschaukelt.

Er wird wach! Gott sei Dank! Nassgeschwitzt liegt er im dunklen Hotelzimmer. Auf seiner Uhr sieht er die Leuchtziffern. Es ist 1.30 Uhr. Das Bett neben ihm ist leer. Dorothee wird noch bei Margret sein. Das stört ihn überhaupt nicht. Er ist zu sehr mit sich und seinem Traum beschäftigt.

Im Badezimmer schlägt er sich kaltes Wasser ins Gesicht, wäscht sich den Schweiß ab und beruhigt sich langsam. Er kämpft mit Problemen. Das Geschäft steht schlecht und er ist verkrampft bis hinein ins Private. Funktioniert er noch richtig oder hat er Aussetzer?

Was war das heute auf dem Friedhof der Namenlosen? Warum sah Dorothee so zweifelnd aus, als er das mit der aufgebahrten Frau erzählt hat? Wie verhielt es sich nun, wird dort noch beerdigt oder hat ihm sein Verstand ein Schnippchen geschlagen?

In der Verfassung in der er ist, kann er nicht mehr arbeiten. Nach Wien muss das wieder in geordnete Bahnen kommen, müssen die Panik und die Schmerzen verschwunden sein. Denn die Schmerzen aus dem Traum hat er wirklich. Er nimmt eine Tablette gegen Sodbrennen und wartet krampfhaft darauf, dass sie hilft. Noch ein Glas mit kaltem Leitungswasser, dann wird's schon besser, hofft er.

Wird er verrückt? Hat er Halluzinationen? Im Moment gibt es nichts Wichtigeres für ihn, als das rauszufinden. Er zieht sich an und wählt die Nummer von seinem Taxler, Itzhak Rosenstein.

Als hätte der auf ihn gewartet, geht er prompt dran: „Spät rufen Sie wieder an, Herr Ingenieur!"

„Wo sind Sie, Herr Rosenstein?"

„Vor der Staatsoper, der Herr!"

„Gut, das ist nah. Nehmen Sie bitte keinen anderen Fahrgast, ich bin in zehn Minuten bei Ihnen."

Was macht er mit Dorothee? Er schreibt ihr eine Nachricht auf ein Zettelchen.

Liebe Dorothee,

mir ist etwas mulmig. Ich geh nochmal an die frische Luft und mache ein paar Schritte um den Block. Mach dir keine Gedanken und schlaf ruhig, auch wenn ich nicht da sein sollte.

Dein Anton

Kurz macht er sich zwar Gedanken, wo sie so spät noch sein könnte, aber er muss jetzt unbedingt etwas klären.

Draußen im Freien ist es kalt und klamm. Normalerweise ein Wetter, bei dem man drin bleibt. Heute Nacht hilft es aber, dass sein Kopf wieder klarer wird. Die Sodbrennen-Tablette wirkt und ihm geht es passabel.

Es sind nur wenige Schritte bis zur Oper. Anscheinend macht er jetzt jede Nacht eine Runde dorthin. Gestern um den Umhang und die Maske zu holen und heute ...

Was wohl aus dem Pärchen Ireen und Danilo Mischitelli, dem Tenor geworden sein mag? Unangenehm war es nicht, als sich die kleine Nymphe an ihn gedrückt hat. Er nimmt an, Belinda spricht mit beiden ein ernstes Wort und kehrt das, was sie gesehen hat, unter den Teppich.

Es stehen zwei Taxen da, eine hat sich beiseite gestellt und das Schild ist nicht erleuchtet. Es ist Herr Rosenstein.

Als er einsteigt, merkt er, dass er sich auf irgendwas Weiches gesetzt habe. Es ist sein Mantel, den er am Abend zuvor im Wagen von Rosenstein gelassen hatte ... und den man ihm beim Rausschmiss nachwarf!?

„Ja, Herr Ingenieur, Ihr Mantel. Wo waren Sie denn gestern Nacht. Ich habe eine halbe Stunde auf Sie gewartet, als zwei Herren in Livree zu mir kamen und mir von Ihnen ausrichten ließen, dass Sie nicht mehr kommen würden und dass ich fahren solle. Ich bin aber trotzdem noch eine Viertelstunde geblieben und habe mir Sorgen gemacht. Ist alles in Ordnung mit Ihnen?"

„Vielen Dank, Herr Rosenstein. Ja, mit mir ist alles in Ordnung.", sagt er nicht sehr überzeugend. Rosenstein dreht sich mit besorgter Miene zu ihm um. „Ihre Wartezeit gestern vergüte ich Ihnen zusammen mit dieser Fahrt, wenn's recht ist."

„Unsinn, die Wartezeit hätte ich ansonsten an einem Taxlerstand verbracht. Mir scheint, Ihre Partie läuft nicht gut für Sie. Haben Sie Ihre Dame noch?"

Erst muss er überlegen, aber dann fällt ihm ein, dass er ihn auf Schach angesprochen hatte. Gute Frage: ‚Habe ich meine Dame noch?'

Er weicht aus und Rosenstein merkt es: „Die Partie läuft wirklich nicht gut. Liegt wohl an meiner Form."

„Wohin darf ich Sie fahren, der Herr?"

„Zum Friedhof der Namenlosen, bitte!"

„Das ist immer ein ungewöhnliches Ziel und dann noch zur Nacht?"

„Ich muss was nachschauen. Haben Sie eine Taschenlampe im Auto?"

„Selbstverständlich! Schon um die Hausnummern ablesen zu können."

Sie fahren bereits. Er fährt über den Rennweg, am Unteren Belvedere vorbei und dann durch Gegenden, die Anton nicht kennt.

Nach einer halben Stunde sieht er schon die Silos. Der Hof ist offen, kann man ihn überhaupt verschließen?

Unmittelbar vor dem Damm hält Herr Rosenstein. Da steht noch ein weißes Jaguar-Cabriolet.

„Würden Sie mich begleiten Herr Rosenstein? Nicht dass ich Angst habe, es könnte was passieren. Mir ist es wichtig, dass das, was ich sehe, noch jemand anderes sieht, gewissermaßen als Zeuge."

Rosenstein sieht ihn von der Seite an, so als machte er sich Sorgen und als wüsste er genau, was in ihm tobt. Ohne Worte steigt er aus, macht die Taschenlampe an und sie gehen rauf auf den Damm.

Schon von oben sieht er, dass alle Laternen auf allen Gräbern leuchten. Jemand muss sie angezündet haben. Beim Näherkommen sieht er, dass dort wo das offene Grab ist, Leute stehen.

Es sind der alte Mann, der mit der Schaufel und drei andere, die die Enden von zwei Seilen in den Händen haben. Der Sarg steht auf Balken über der Graböffnung.

Mit dem Rücken zu ihnen sieht er einen großen, schlanken Mann in einem teuren, schwarzen Kaschmirmantel, ähnlich seinem. Rechts von dem eine Frau, die ebenfalls teuer und schwarz eingekleidet ist. Sie sieht aus wie ...

Am Grab stehen Fred und Dorothee? Was um Himmelswillen machen die hier und wo ist Margret?

Rosenstein und Anton gehen zu der Gesellschaft. Als er sie von vorne sieht, weiß er, dass sie es wirklich sind, doch ihre Gesichter kann er nicht richtig sehen. Rosenstein leuchtet sie auch nicht an. Als er sich an die Dunkelheit gewöhnt hat, sieht er sie etwas deutlicher und auch wieder nicht, als wäre eine graue Wolke davor.

„Bitte, könnten Sie den Sarg nochmal öffnen?" Er möchte sich die Tote gerne noch ein letztes Mal anschauen. *,War es doch Margret?'* Niemand reagiert auf seinen Wunsch. Der große Mann, Fred? gibt den vier Helfern ein Handzeichen. Die heben den Sarg an den Seilen an, schieben je mit einem Fuß die Balken auseinander und lassen den Sarg hinunter.

Er will als erster eine Schaufel für Sissi oder Margret? ins Grab geben, aber Rosenstein hält ihn fest.

So tun es die zwei, geben sich gegenseitig die Hand und nehmen die Kondolationswünsche der vier Helfer entgegen. Dann drehen sie sich um und gehen an ihnen vorbei, als wenn sie nicht da wären.

Nacheinander gehen sie die Treppe zum Damm hoch und kurze Zeit später hört man, wie ein Auto gestartet wird und wegfährt.

Derweil haben die vier Bestatter die Erde schon größtenteils ins Grab geschoben und geschaufelt. Obenauf machen sie einen Hügel, den der Alte mit seiner Schaufel glattklopft. Auf das Schild schreibt er mit Kreide „Namenlos".

Anton will ihn davon abhalten, er soll *Sissi Kolesariç* oder *Margret Baldow?* darauf schreiben, aber wieder hält ihn Rosenstein zurück. Ein Kranz wird auf den Hügel gelegt und die vier Arbeiter verschwinden.

Nun lässt ihn Rosenstein näher ans Grab. Auf der Schleife am Kranz steht *R.I.P. wünscht dir die Vereinigung der Adamiten Wien.*

Er bekommt wieder das fürchterliche Brennen im Magen und an seiner linken Seite. Rosenstein greift kräftig zu, als er sich ruckartig zusammenkrümmt. Er führt ihn zum Taxi. Der Jaguar ist weg. Der alte Taxler bringt ihn zurück Richtung Oper.

„Wo wohnen Sie, Herr Ingenieur?"

„Im Bristol", kann er nur krächzen. Er würde alles für eine Sodbrennentablette geben.

Als sie auf dem Rennweg sind, wird's dunkel vor seinen Augen. Nicht schlimm, er ist in guten Händen.

18 Die Aussprache

A nton! ... Anton!" Jemand rüttelt an Antons Arm. Er wird wach und sieht Dorothee vor sich, zitternd und eng in ihren Mantel gehüllt. An den nackten Füßen hat sie die vom Hotel gestellten Einweg-Pantoffel.

„Was machst du hier draußen?"

Er schaut sich um, sieht an sich herab und wieder kommt ihm das Bild in den Sinn von dem Mann mit den sauberen, teuren, braunen Schuhen, der auf der Bank zwischen Hotelzufahrt und Straßenbahnhaltestelle auf der Bank schläft. Genauso muss er ausgesehen haben. Nun spürt er auch die Kälte.

„Ich konnte nicht schlafen, da bin ich noch um den Block gegangen und dann muss ich mich hier wohl kurz hingesetzt haben und eingeschlafen sein. Hast du meinen Zettel gefunden?"

„Welchen Zettel?"

„Halb zwei bin ich wach geworden, du warst noch nicht da und weil ich nicht einschlafen konnte, habe ich mich angezogen und wollte an die frische Luft. Das habe ich dir auf den Zettel geschrieben."

„Was meinst du mit ‚du warst noch nicht da'? Ich war höchstens eine halbe Stunde bei Margret und bin dann gegen halb zwölf ins Bett gegangen. Und wie gesagt, von einem Zettel weiß ich nichts."

Sie sind in der Halle. Der Portier spricht ihn an:

„Herr Ingenieur, kennen Sie das?

In visions of the dark night
I have dreamed of joy departed?
But a waking dream of life and light
Hath left me broken-hearted."

Das ist der erste Vers aus *„A Dream"* von Edgar Allan Poe. Schön nicht wahr?"

Er findet immer den richtigen Vers.

Anton schaut ihn rätselnd an „Jaa, wirklich sehr schön, aber ich bin müde. Sie müssen uns entschuldigen!" und zu Dorothee: „Lass uns hochgehen! Der Zettel ist bestimmt vom Tisch gefallen."

Seltsamerweise ist er wieder sehr fit und auch klar im Kopf. Mit dem Schlafen wird's wohl nichts mehr diese Nacht.

Im Aufzug fragt Dorothee „Was war denn das? Trägt der dir immer Gedichte vor? Und was hat er gemeint?"

„Das müsste übersetzt ungefähr so lauten:

Ein Traum

In Gedanken der dunklen Nacht gefangen
Träumte ich von der Freude, die mich verlassen
Vom Tagtraum voll Leben und Licht umfangen
bin ich mit gebrochenem Herzen zurück gelassen.

Er kann nicht schlafen und liest immer Edgar Allan Poe zur Entspannung, hat er mir kürzlich erzählt."

Sie gehen ins Bett. Dorothee hatte nur ihr Nachthemd unter dem Mantel an und ist jetzt total verfroren. Sie kuschelt sich an ihn. Er braucht auch noch etwas Zeit, um wieder warm zu werden. Die Uhr zeigt 5.30 Uhr.

Erneut steigt die Befürchtung in ihm auf, dass er den Verstand verliert. Seine Nachtaktion hat nichts gebessert, im Gegenteil. Hat sie überhaupt stattgefunden? Morgen ruft er Rosenstein an.

Er springt auf. Dorothee ruft erschrocken „Was ist?"

„Ich suche jetzt den Zettel, den ich dir geschrieben habe. Er muss auf dem Tisch liegen oder daneben auf dem Boden."

„Bitte, komm ins Bett, damit wir wenigstens noch ein, zwei Stündchen schlafen. Den Zettel kannst du auch später suchen."

Dorothee weiß nicht, was ihm das Vorhandensein des Zettels bedeuten würde. Es wäre ein Beweis dafür, dass er bei Sinnen ist.

Es dauert nicht lange und er findet ihn. Er ist wohl vom Tisch heruntergesegelt und dabei bis unter die Kommode geflattert. Erst als er auf dem

Bauch am Boden liegt, kann er ihn sehen. Ihm fällt ein Stein vom Herzen!

„Siehst du, da ist er. Ich wusste es doch. Bin ich also wirklich aufgestanden und dann aus dem Hotel gegangen." Beruhigt legt er sich an Dorothees Seite.

„Na, dass du rausgegangen bist, das wissen wir doch beide. Schließlich hatte ich dich ja unten auf der Bank gesehen, als ich aus dem Fenster geschaut habe und dich dann anschließend unten geweckt."

„Stimmt!" Der Zettel hilft nicht. Er grübelt wieder vor sich hin.

„Anton, was hast du? Seit wir in Wien sind, gefällst du mir gar nicht. Ich mache mir seit gestern auf dem Friedhof Sorgen. Sonst war Wien doch immer wie ein Jungbrunnen für dich. Du warst ab dem ersten Tag erholt, sorgenfrei und wie entlastet von allem was war. Jetzt höre und sehe ich nur unerklärliche Dinge von dir. Bitte erzähl mir, was los ist."

Es ist wohl an der Zeit. Er muss damit rausrücken, auf die Gefahr hin, dass Dorothee ihn endgültig für verrückt erklärt oder ihm böse ist, weil er nicht alles vor der Reise nach Wien gesagt hatte.

„Ich weiß nicht, wie ich anfangen soll. Also als Fred und ich von Worms nach Groß-Gerau gefahren sind, hat er mir von seinen Freizeitaktivitäten mit Margret erzählt."

„Halt Stopp! Ist es das, was dich belastet? Ich weiß Bescheid. Margret hat mir das am ersten Abend schon alles gesagt. Frauen, wenn sie sich einmal näher gekommen sind, reden über sowas. Heute Abend hat sie mich deshalb nochmal sprechen wollen, weil sie Angst hatte, ich würde das irgendwie falsch verstehen. Ich hab sie beruhigt und ihr gesagt, dass ich das ganz spannend finde. Wir sind ja keine Schulkinder mehr. Also mir macht das nichts aus!"

„Was? Ich glaub es hackt! *Dir macht das also nichts aus!*", wiederholt er und versucht ihren Tonfall zu treffen. „Toll! Dann weiß ich gar nicht, warum ich mich so aufrege." Er ist ehrlich empört. Seit Donnerstag steht er unter Dauerstress, weil er nicht weiß, wie er ihr Freds Absichten mitteilen soll und sie findet es *spannend*!

„Gut mein Lieber, nun mal *Butter bei die Fische*. Ich bin über einundzwanzig, seit fast fünfundvierzig Jahren verheiratet, Mutter und Frau, die zwar *anständig* gelebt hat, aber gelebt hat und noch lebt!" Bei *anständig* macht sie mit den Fingern Anführungszeichen in die Luft. „Was Margret und Fred in ihrer Zeit, in der sie zusammen sind machen, ist doch deren Sache und nichts Schlimmes. Das werden Millionen andere auch tun ... und ich stelle mir das wirklich ganz spannend vor!"

„Na dann ist ja alles klar! Hab ich mir umsonst Gedanken gemacht. Meine Befürchtungen waren unbegründet und dem morgigen Abend können wir ganz entspannt entgegenschauen.", sagt er zynisch.

„Klar! Was soll denn morgen Abend passieren? Gut, Fred will morgen das Programm bestimmen. Lass ihn doch. Ich werde schon keinen seelischen Schaden nehmen."

„Ist das dein letztes Wort?"

„Ja! ... Was wirst du denn jetzt so dramatisch?"

Er nimmt sein Oberbett und das Kissen und zieht auf die Couch im Nachbarzimmer um.

Beim Rausgehen sieht er noch, dass sich Dorothee ostentativ umdreht und ihm den Rücken zukehrt.

Der Text des Lieds „La nostra relazione" von Vasco Rossi fällt ihm ein, hier auf Deutsch:

Es ist kein Geheimnis - komm, es wissen alle

und du machst dich lächerlich, wenn du versuchst,

es vor den Leuten zu verstecken,

die uns streiten sehen

wegen irgendwas oder nichts,

wegen der Langweile die es immer gibt.

Wir tragen es in uns

es ist nutzlos es zu leugnen

Nebenan auf der Couch rasen ihm Gedanken durch den Kopf. Alles geht nach hinten los, sogar die lange vor sich hergeschobene Aussprache. Dieser Wien-Aufenthalt trägt nicht zu seiner seelischen Gesundung bei.

Er bekommt kein Auge zu. Denkt an Sissi. Nutte hin oder her, mit ihr wäre er jetzt glücklich. Leider wurde sie letzte Nacht begraben. Oder Margret? Er muss sobald wie möglich Itzhak Rosenstein anrufen. Seine Nummer kennt er mittlerweile auswendig und er ruft ihn an.

„Herr Ingenieur, Guten Morgen! Alles gut gegangen? Ich hab mir große Sorgen um Sie gemacht. Brauchen Sie mich? Soll ich losfahren?"

„Nein, Herr Rosenstein, ich brauche nur Ihre Antwort auf eine Frage, waren wir beide gestern am Friedhof der Namenlosen?"

„Ja natürlich, Herr Ingenieur!"

Ihm fällt ein Stein vom Herzen.

„Aber als wir dann wieder zum Auto gegangen sind, habe ich mir große Sorgen um Sie gemacht. Sie waren so ..." TutTutTut ... TutTutTut ...

Die Verbindung ist abgebrochen. Wieder krampft sich sein Magen zusammen. Er muss nochmal eingeschlafen sein und das Sodbrennen hat ihn geweckt. Nicht nur das, auch eine neue Panikattacke, ein Schweißausbruch, sein Herz rast.

Er muss gar nicht messen, seinen Blutdruck vermutet er bei 180 zu 95.

Sein Hausarzt hatte ihm ein Mittel aufgeschrieben, als er sich ähnlich gefühlt hatte. Nun trägt er immer aus Sicherheitsgründen eine Phiole davon bei sich. Damit kann man blitzartig den Blutdruck senken. Er nimmt sie und versucht, so ruhig wie möglich auf die Wirkung zu warten.

Es wird rasch besser, nur seine Angstzustände werden schlimmer und sein Herz klopft weiter wie verrückt. Sind das Nebenwirkungen?

19 Im Narrenturm

Gott sei Dank, dass die Nacht rum ist, auch wenn er nur mit Unterbrechungen geschlafen hat und alles andere als ausgeschlafen ist. Dorothee werkelt im Badezimmer und er macht seine täglichen Übungen, die vermeiden sollen, dass er Ärger mit dem Rücken bekommt. Meistens helfen sie.

Das Schmollen hat er aufgegeben, bringt sowieso nichts. Jetzt geht's zum Frühstück und danach in die Bim Richtung Narrenturm.

Sie treffen Fred und Margret und setzen sich zu ihnen an den Tisch. Fred ist in nervend guter Laune:

„Hervorragender Kaffee. Ich kann mich nicht erinnern, schon mal so guten Kaffee in einem Hotel bekommen zu haben."

„Es heißt, dass europaweit zuerst in Wien Kaffee getrunken wurde. Da gab es einen Mann, der früher Handel mit den Osmanen getrieben hatte. Als sich abzeichnete, dass die Türken nach der Belagerung von Wien zurückgeschlagen waren, schickte man ihn in deren Lager. Er sollte herausfinden, ob sie abziehen oder erneut angreifen würden.

Als Lohn hatte er sich ausbedungen, die eigenartigen Säcke behalten zu dürfen, die in deren Lager rumlagen. Außerdem wollte er eine Konzession bekommen, um ein Lokal aufzubauen, wo er seine Errungenschaft kredenzen könnte.

Die Türken waren schon abgezogen. Der Späher erhielt die Säcke mit den Kaffeebohnen und eröffnete angeblich das erste Kaffeehaus in Wien und in ganz Europa.

Stimmt wohl nicht so ganz, ist aber 'ne gute Geschichte, find ich."

„Das muss ich sagen, Anton, du kennst dich wirklich in Wien und über Wien aus. Ich finde es richtig gut, mit euch zusammen hier zu sein. Und heute wollen wir zum Narrenturm?" Margret schenkt ihm ihr herzlichstes Lächeln.

„Ja, lasst uns gehen. Wenn wir es schaffen, sollten wir danach auch noch zum Naschmarkt gehen. Da ist Samstag immer Flohmarkt. Je früher wir hier wegkommen, umso besser."

-:-

Mit der Straßenbahn Linie D, die genau passend an der Haltestelle stand, fahren sie um den Ring Richtung Westen.

„Bitte seien Sie achtsam. Andere brauchen Ihren Sitzplatz vielleicht notwendiger!"

Mein Freund mit der melancholischen Stimme spricht zu uns. Sie fahren die Parademeile der Ringstraße lang: Oper, Kunsthistorisches Museum, Portal zur Hofburg und zum Heldenplatz, Naturhistorisches Museum, Parlament, Rathaus, Burgtheater, Universität und schließlich Schottentor, wo sie umsteigen müssen.

„Die Linie D ist eine von meinen Lieblingslinien. Mit der kommt man raus nach Nussdorf, wo es schöne Heurige gibt. Auf der Strecke dahin kommt man auch an der *Müllverbrennungsanlage Spittelau* vorbei, die außen von Hundertwasser gestaltet wurde. Ich glaube aber, die Strecke lassen wir für den nächsten Besuch in Wien übrig."

Margret lächelt ihn erneut bewundernd an. Wie hält sie das nur mit Fred aus, so liebenswert wie sie ist.

Sie gehen zur Rolltreppe und fahren hoch zu der Ebene, wo die Linien Richtung Alser Straße fahren.

„Die Kirche da drüben ist die *Votivkirche*. Außen finde ich sie sehr schön, aber Dorothee und ich waren vor Jahren mal drin. Innen war es sehr düster und schmucklos. Abends sieht die Frontseite toll aus, weil die durchbrochenen Türme dann von innen beleuchtet werden."

Die Wiener Linien arbeiten mit großer Präzision. Schon nach wenigen Minuten fährt eine Bahn

der Linie 44 ein, mit der sie nun zum Universitäts-
campus *Altes AKH* (Allgemeines Krankenhaus) an
der Alser Straße fahren.

Auf den Höfen ist das Weihnachtsdorf aufgebaut. Fred stöhnt auf. Die Frauen dagegen sind
begeistert. Ihm gefällt es hier auch, aber er drückt
trotzdem auf's Gas.

„Nehmt's mir nicht übel, aber wenn wir noch
auf den Naschmarkt wollen, dann ..."

„Ja, ist ja gut! Wir kommen ja schon!", mault
Dorothee. Es ist heute schwer für ihn, ihre Gunst
zurückzugewinnen.

Der Narrenturm ist ganz hinten im letzten Hof.
Dieser eigenartige Bau wirkt schon von sich aus
drohend. Der Grundriss ist kreisrund und das
Haus hat fünf Stockwerke, die von einem flachen
Kuppeldach gekrönt werden, wie ein Guglhupf
oder Panettone. Auf den Stockwerken sieht man
ein Fenster am anderen.

Sie kaufen Eintrittskarten, welche, die auch die
Führung einschließen. Damit erwirbt man zusätzlich die Möglichkeit, sich mehr als nur das Erdgeschoss anzusehen.

Die Räume sind klein, vielleicht zwölf, dreizehn
Quadratmeter. Manche sind durch Durchbrüche
miteinander verbunden worden. Seine Fantasie
lässt ihn die Etage vor seinem geistigen Auge sehen, als sie noch als Teil der Irrenanstalt, des Nar-

renhauses in Betrieb war. Er sieht, dass in einigen Zellen Menschen angekettet sind, während andere sich auf der Etage frei bewegen können. In seiner Vision ist alles sehr schmutzig, denn Wasser zum Waschen und Toiletten gab es erst einige Zeit später, da es anfangs weder Wasserleitungen noch Abwasserkanäle gab.

Ihre Führerin erzählt von Joseph II., der auf dem Platz des Alten AKH alles neu hat aufbauen lassen, um es wirklich den Kranken zu widmen. Der Narrenturm war die erste psychiatrische Klinik der Welt.

Sie gehen ein Stockwerk höher und hier sind in den Zellen unzählige Präparate: amputierte Gliedmaßen, Finger und anderes in Konservierungsflüssigkeit. Eklige Wachsabdrücke von wirklich fiesen Haut- und Geschlechtskrankheiten und so weiter. Margret gefällt das gar nicht, aber Dorothee hakt sie unter und meint, dass das doch alles sehr interessant sei.

Fred ist fasziniert: „Klasse Location! Das hat was. Hier müsste man mal 'ne Party feiern, was meinst du?"

Dorothee findet es interessant und Fred ist fasziniert. Zwei Seelenverwandte haben sich gefunden.

„Ich finde es bedrückend und etwas eng hier. Außerdem hätte ich Angst um die Ausstellungsstücke. Bei einer Party würde sicher das eine oder andere zu Bruch gehen. Wenn man dann noch an das Leid denkt, dass Menschen hier erfahren haben, finde ich es pietätlos!" Nein, *Anton* kann sich hier keine Feier vorstellen.

Margret setzt sich durch, statt nach der Führung im Haus rumzustreifen, wie es Fred will, gehen sie raus und nehmen sich eine halbe Stunde im Weihnachtsdorf. Es ist noch früh. Sie liegen gut im Plan. Alles ist gut!

-:-

Außerhalb des Campus' gehen sie ein paar Schritte und nehmen den Bus der Linie 13A.

„Jetzt auch noch mit 'nem Bus. Langsamer geht's nicht mehr!", mault Fred wieder rum.

„Nimm's mal so, du brauchst nicht gehen, kannst dich umsehen, siehst was von der Stadt und am Zielort steigst du aus, ohne Stress mit nicht vorhandenen Parkplätzen zu haben." „Und es ist warm!", ergänzt Dorothee. Für sie und ihn geht es gar nicht mehr anders, wenn sie eine Stadt besuchen.

An der Mariahilfer Straße steigen sie aus.

„Hier waren wir schon, bevor wir zum Spittelberg gegangen sind!", freut sich Margret, dass sie sich auskennt.

„Wenn ihr nochmal hierher zum Shoppen geht, dann macht mal Pause im Café Mentone. Das liegt in einer schmalen Gasse, die dahinten gegenüber der Kirche mit dem Zwiebelturm abgeht, Kirchengasse heißt sie, glaube ich. Das Café wird von einer tollen, älteren Dame betrieben und dort gibt es für meinen Geschmack den besten Cappuccino, den ich bisher in Wien getrunken habe."

Sie sind auf dem Weg runter zur Gumpendorfer Straße und dann weiter zur Wienzeile, wo der Naschmarkt ist. Dort fließt die Wien, der Fluss, der der Stadt den Namen gegeben hat oder umgekehrt? Rechts und links davon verlaufen die Wienzeilen, eine rechte und eine linke jeweils als mehrspurige Einbahnstraßen. Die rechte geht rein in die Stadt und die linke heraus zur Autobahn nach Linz.

-:-

Zuerst gehen sie den Flohmarkt ab. Man ist mitten in Europa und in einer Großstadt, aber was man hier an Menschen sieht, ist unbeschreiblich. Viele sehen aus, als wären sie aus Joseph Roths *„Das falsche Gewicht"* und dem galizischen Bezirk Zlotogrod, nahe der damaligen Grenze zwischen dem k&k-Reich und Russland kurz vor dem ersten Weltkrieg entsprungen.

Bäuerinnen mit weißen, buntgemusterten Kopftüchern in weit abstehenden Röcken, die reich bestickt sind und glänzende, bunte Streifen rundherum aufweisen. Ihre Gesichter sind breit, die dunkelbraune Haut ist glatt und die schwarzen Augen schmal. Ihre Hände sind grob und man sieht ihnen die Arbeit an, die sie schon verrichtet haben.

Die Männer sehen weniger pittoresk aus. Sie tragen meist abgetragene Anzughosen, die zu kurz sind, haben unter verschlissenen Skianoraks blusige Hemden an, die zwar gewaschen aber nicht mehr weiß sind und haben dichtes, störrisches, kurzgeschnittenes, schwarzes oder graues Haar. Über ihren Unterlippen – die Oberlippen sieht man nicht - sind buschige Schnauzbärte zu sehen. Ihre Gesichter sind faltig und wie von Wind und Wetter gegerbt.

Als Kind hat Anton in seiner Heimatstadt ähnliche Menschen gesehen. Die kamen mit Wohnwagen, die erst noch von Pferden und später von großen Autos gezogen wurden. Den Kindern erzählte man, dass das Zigeuner wären, die Wäsche von der Leine und Kinder von der Straße stehlen und woanders weiterverkaufen würden. Das war ein paar Jahre nach dem Krieg und dem Dritten Reich, nachdem Sinti und Roma in Konzentrationslagern umgebracht worden waren.

Die männlichen Standler aus Wien sehen nicht weniger interessant aus. Manche tragen Fiaker-Melonen, fast alle haben sehr lange Haare, manchmal zum Zopf gebunden. Oft tragen sie Westen und ehemals elegante Anzughosen.

Die Standlerinnen (sagt man das so in Wien?) kann man nicht mit zusammenfassenden Attributen beschreiben. Meistens sind sie bunt, weil sie ihre Haare zum Beispiel knallrot tragen, bunte Jacken, Mäntel oder Kleider anhaben, grellen, großen Schmuck und wilde Brillen ihr Eigen nennen.

Der Trödel auf dem Naschmarkt ist eine eigene Welt.

Und die Waren, die hier angeboten werden, sind auch Waren aus einer anderen Welt. Da gibt es einen Stand, der Notenblätter und Partituren das Stück für einen Euro verkauft. Die haben wunderschöne Deckblätter mit jugendstilartigen, floralen Emblemen, ebensolchen Schriften und innen sind die Noten teilweise von Hand geschrieben. Von Hand! Stundenlange Handarbeit für einen Euro!

Ein anderer Stand ist voller Instrumente, vor allem Geigen in jeglichem denkbaren Erhaltungszustand. Oder Klarinetten, Trompeten und Waldhörner.

Direkt daneben hat die Neuzeit Einzug gehalten, denn es werden Handys angeboten, die fast

Museumsstücke sind. Dort findet man auch unentbehrliche Ergänzungen zur Auto-Musikanlage, Subwoofer, Verstärker und CD-Spieler.

An einem Stand ist Anton kaum wegzubekommen. Dort verkauft ein alter Wiener Gruen-Uhren aus den 1940er und 1950er Jahren. Da ist eine Traube von Experten, manch einer mit Lupe im Auge und Interessenten, die Kataloge unterm Arm haben. Eine goldene ist dabei und soll 450,- Euro kosten. Die könnte ihm Dorothee zum nächsten Geburtstag schenken.

Sie errät seine Gedanken: „Du hast doch schon genug Uhren. Langsam solltest du dir zusätzliche Arme machen lassen!"

Recht hat sie und er geht seufzend weiter. Da gibt es Jugendstillampen mit allem, was dazu gehört, Glasschirmen, Messingfassungen und alten, stoffummantelten Anschlusskabeln.

Fred ist fündig geworden. Er hält ein relativ großes Bild in der Hand, von dem er meint, dass es ein unentdecktes Gemälde eines großen Malers aus der Zeit vor dem zweiten Weltkrieg sei, Max Beckmann oder so.

Anton findet es nicht schlecht, allerdings ist es ihm zu riskant, für sowas 270,- Euro auszugeben, Fred nicht!

Es fällt ihnen schwer, aber Dorothee und Anton bleiben standhaft. Sie kaufen nur ein paar alte

Hobby-Hefte aus den 60ern für ihren Sohn. Der hat schon früh Antons alte Bestände übernommen und sie stetig erweitert. Auch eine Asterix-Ausgabe, die er noch nicht hat, haben sie gefunden.

Sie sind einmal rum, was den Trödel angeht und gehen durch die enge Gasse, in der ihnen die Händler Kostproben anbieten, Falafel, Humus, Pistazien, Obst und Nüsse. Das ist fast wie auf der Grünen Woche in Berlin, wo man sich beim Gang durch die Messe sattessen kann.

Fred reckt sich neben ihm und hat einen der edlen Delikatessenstände gesichtet. Ein Tisch ist frei geworden und er bestellt eine Flasche Chablis und zwölf Austern.

Margret und Dorothee ekeln sich davor und Anton sagt, er würde höchstens eine Auster probieren, aber Fred lässt sich nicht abhalten.

Anton probiert und findet „Austern haben die Konsistenz wie ..., ach", er spricht nicht zu Ende, zieht kurz die Nase hoch und erspart ihnen, deutlicher zu werden. Doch hier gibt es auch Backfisch und der ist sehr nach seinem Geschmack.

Eigentlich sitzen sie hier sehr angenehm und ihnen schmeckt, was sie bestellt haben. Doch Fred meint wieder, seine Machosprüche absetzen zu müssen. Er preist sein Austernmahl, indem er die gerüchteweise damit verbundene Wirkung bei

Männern in den plattesten Tönen erklärt. Was treibt den, wenn er so ist?

„Das Wetter ist schön, Herr Reiseleiter. Was machen wir jetzt?" Margret hat aufgegessen und schaut Anton erwartungsvoll an.

„Seid ihr gut zu Fuß? Dann würde ich einen schönen langen und herausfordernden Spaziergang vorschlagen." Das Wort ‚herausfordernd' hat er absichtlich eingebaut und es klappt!

„Herausfordernd? Was meinst du damit?" Er hat endlich Fred von seinem Thema abgebracht. Offensichtlich sind solche Begriffe welche, die bei ihm die Wettkampfglocke betätigen.

„Ich denke daran, in die Weinberge hochzugehen zum Beispiel auf den Leopoldsberg, dann quer rüber zum Kahlenberg und von da aus runter zum Cobenzl. Da geht's mächtig rauf und fordert Kondition." ‚Kondition' wieder ein Wort für Freds Glöckchen

„Kein Problem, Kondition habe ich und die richtigen Schuhe haben wir auch an, aber unsere Erwerbungen müssen wir erst ins Hotel bringen oder?"

„Stimmt! Da nehmen wir am besten jetzt die U-Bahn und sind schnell am Hotel und von dort geht's dann raus Richtung Heiligenstadt."

20 Es geht bergauf

Endlich sitzt Anton mit den drei anderen in seiner Linie D und es geht bis Nussdorf S-Bahnhof. Ein Bus Richtung Klosterneuburg bringt sie an der Donau lang zum Kahlenberger Dorf und der Aufstieg beginnt.

Sie gehen den Nasenweg zum Leopoldsberg lang, der sich in Serpentinen raufmäandert. Man kommt schnell auf Höhe und sie haben des Öfteren eine schöne Aussicht runter auf die Donau. Besonders schön ist der Blick vom Gipfel.

„Von Monaldi und Sorti hatte ich schon erzählt, glaube ich. Das sind die, die unter anderem das Buch ‚Veritas‘ geschrieben haben, wo sie mit vielen Recherchen, die übliche Geschichtssicht zu Prinz Eugen à la ‚Prinz Eugen der edle Ritter‘ korrigieren.

Nach deren Quellen war er ein ganz normaler, allerdings hochgestellter Söldner, der wegen Problemen aus Frankreich verschwinden musste. Es heißt darin, dass er homosexuell gewesen wäre und es in Paris zu toll getrieben hätte. Er sei ein Sodomit gewesen, wird im Buch behauptet. Als Söldner lebte er vom Krieg und er verdingte sich in Wien, wo er mit allen Mitteln dazu beitrug, dass der Krieg gegen die Türken lange anhielt, weil er ihm zu bezahlter Arbeit verhalf.

So war er wohl als sehr junger Mann an der Schlacht gegen die Türken 1683 beteiligt. Monaldi und Sorti behaupten auch, dass die Entscheidungsschlacht am 12. September 1683 hier am Leopoldsberg und nicht, wie es immer heißt, am heutigen Kahlenberg stattgefunden hätte. Das hätte daran gelegen, dass der Leopoldsberg erst Kahlenberg hieß und später seinen Namen an den Nachbarberg abgab.

Prinz Eugen von Savoyen machte seine Arbeit sehr geschickt. Er wurde zum obersten Feldherrn des Hauses Habsburg, was ihm offensichtlich viel Geld einbrachte.

In der inneren Stadt in der Himmelpfortgasse hatte er ein großes Haus, sein Stadtpalais, heute Winterpalais genannt. Doch das war nichts gegen sein Schloss Belvedere, das er später außerhalb der Stadtmauern erbauen ließ. Erinnert ihr euch, das ist das, zu dem uns die alte Opernsängerin wegen des abendlichen Anblicks geschickt hat."

Aus dem Augenwinkel bemerkt Anton, dass Margret ihm sehr konzentriert zuhört, sie hängt an seinen Lippen. Das gibt ihm Auftrieb. Er will weiter erzählen, doch Fred ...

„Ist ja gut, Herr Lehrer. Das war wirklich ein schöner Weg hier rauf, aber wie geht's jetzt weiter?"

„Wir gehen über den Höhenweg bis zum heutigen Kahlenberg. In die Kirche und die Burg hier
kommen wir leider nicht, die sind seit ewigen Zeiten gesperrt wegen angeblicher Restaurierungsar-
beiten, die aber nie beginnen."

Der Höhenweg ist schön zu laufen, denn es gibt
nur geringe Höhenunterschiede. So sind sie schon
nach einer halben Stunde am Kahlenberg.

War es am Leopoldsberg recht ruhig, so sieht es
hier anders aus. Busse, vor allem mit polnischen
Kennzeichen stehen nicht weit von der Kirche entfernt. In der Kirche gibt es eine Madonna, die besonders von den polnischen Katholiken verehrt
wird. Sie schauen rein und da liegt ein Mann
bäuchlings mit ausgebreiteten Armen im Gang vor
der Madonnenstatue, so wie es die Priester bei
ihrer Weihe tun. Anton nimmt an, es ist ein from-
mer Pole.

Außen an der Kirche ist eine Steintafel, auf der
die Verdienste von Jan Sobieski bei der Vertrei-
bung der Türken erwähnt werden.

„Dass der Jan Sobieski die Türkenbelagerung
beendet hat, hat sich auch für ihn gelohnt oder was
meint ihr", sagt er und zeigt auf den Kiosk, wo es
Kaffee, Getränke, Kuchen und Jausenbrot gibt. Das
ist ein Kiosk aus grün gestrichenem Holz mit einem Zelt, das im Winter angebaut wird, um die
Gäste vor Kälte und Wind zu schützen. Oben ist

191

ein Schild angebracht „*Imbiss-Standl-Sobieski*" steht darauf.

Alle schauen ihn verständnislos an.

„Na, schaut doch mal, der Inhaber des Kiosks heißt auch Sobieski. Ich vermute, dass die Sobieskis seit 1683 hier oben die Konzession zur Bewirtung haben."

Na ja, diesmal lacht noch nicht mal Margret. Er jedenfalls findet den Gedanken lustig.

„Kommt, ich gebe einen Punsch aus." Innen im angebauten Zelt ist es durch ein Elektroöfchen muckelig warm. Außer ihnen sitzt noch ein altes Ehepaar an einem Zweiertisch.

Sie sieht traurig und sehr besorgt ihren Mann an, der keinerlei Lebenszeichen von sich gibt, nur ins Leere schaut. Er scheint noch nicht mal zu blinzeln. *'Was mag ihm durch den Kopf gehen?'*

Endlich kommt der Punsch. Sie sind alle ein wenig geschafft vom Aufstieg. Es tut gut, zu sitzen und der heiße Punsch tut bei Anton ein Übriges, wenn er so die Speiseröhre runter im Magen ankommt und kleine Explosionen der Wärme in ihm auslöst.

Auch sie sind still. Genießen die späte Sonne, die durch die fenstergroße, transparente Plastikfolie in der Zeltwand hinein dringt.

Eine wunderbare Faulheit lässt ihn seine Glieder und Muskeln entspannen. Er döst vor sich hin.

Wahrscheinlich sieht er jetzt so ähnlich wie der alte Herr aus.

Es ist natürlich Fred, der ihre faulen Momente stört und auf's Weitergehen drängt. Ihnen allen scheint diese Pause sehr gut getan zu haben. Anton zahlt und sie gehen rüber zur Aussichtsplattform mit dem wunderbaren Blick über Wien, die Donau und die umgebenden Weinberge.

Fred treibt sie weiter. Er scheint noch etwas erledigen zu wollen?!

„Hast Du's eilig? Sollen wir schneller machen?", fragt Anton ihn.

„Nein, nein, aber dieses zielloses Hin- und Hergelaufe macht mich wahnsinnig. Können wird das nicht abkürzen?"

„Wir könnten eine Strecke Richtung Cobenzl gehen. Das ist ein Café, das man gesehen haben sollte. Ganz im Stil der Sechziger und Siebziger, das kreisrund an den Hang gebaut ist. Innen ist alles voller Plüsch und Brokat. Eine Reihe Tische ist unten an den Fenstern und in der Mitte des Lokals sind auf einem erhöhten Podium weitere Tische in einem engeren Kreis angeordnet. Da fehlen nur noch Leuchten mit Nummern und Telefone an den Tischen, wie es früher in den Vorglühtanzschuppen war.

Von da aus geht's entweder mit dem Bus oder zu Fuß runter nach Grinzing. Es ist eigentlich schon Zeit, Richtung Abendessen zu gehen, was meint ihr?"

„Ja, sehe ich auch so. Hast du ‚Grinzing' gesagt? Da könnten wir doch wieder in den Heurigen von gestern gehen."

„Dorothee und ich hatten eigentlich vor, mal wieder in unserem Stammheurigen in Nussdorf zu essen. Der ist allerdings noch authentischer als die ‚10er Marie', ‚Kierlinger' heißt er."

„Nee, nee, lass' mal, aber wir können uns ja trennen", schlägt Fred vor „und heute Abend machen wir mal jeder für sich was auf eigene Faust, okay?"

Anton ist angenehm überrascht. Heute ist Samstag und für ihn ist das der angekündigte Horrorabend, den Fred nach seinem Geschmack für sie alle gestalten wollte.

Hat er es sich anders überlegt? Seine aggressiven Ansagen waren nur Bluff, um ihn zu verunsichern? Fein, ihm kommt das sehr gelegen!

„Ja gut, wir gehen nach Nussdorf, weil es bei uns schon zur Tradition gehört. Dann bin ich für heute aus meiner Reiseleiterrolle entlassen?"

„Also ich fand das in der 10er Marie ganz schön und würde gerne noch einen anderen Heurigen sehen. Die in Grinzing sind wirklich sehr blank geputzt und man hat den Eindruck, in einer Touristenfalle zu sein.", fällt Margret Fred in den Rücken.

Er sieht sie mit zusammengekniffenen Augen und Lippen sehr wütend an. Nimmt sie am linken Ellenbogen und zieht sie unsanft drei Meter beiseite. Dort redet er heftig auf sie ein.

„... keine Lust ...", „... Syph-Buden ...", „... Oberlehrer ..." und „... kannst ja gehen ...", sind Sprachfetzen, die Anton aus seinem wütenden Wortschwall zu erkennen glaubt.

Margret dreht sich von ihm weg, sie hat nun auch die Lippen fest aufeinander gepresst und kommt wieder zu Anton und Dorothee rüber.

Fred dreht ab und geht sehr schnell los Richtung Cobenzl. Man hat den Eindruck, dass er nur auf eine Gelegenheit gewartet hat, um alleine gehen zu können, ganz so, als hätte er deshalb den Streit mit seiner Frau provoziert. Was hat er vor?

Dorothee und Anton schauen sich ratlos an, als Margret zu ihnen kommt.

„Auf geht's nach Nussdorf!" sagt sie anscheinend gut gelaunt. Sie scheint sich zu freuen, mal ohne Fred zu sein. Anton sieht, dass ihre linke Hand zittert; vor Wut nimmt er an.

Langsam, auch um Fred Vorsprung zu lassen, gehen sie los.

-:-

Sie kommen schweigend an dem Denkmal Kaiserin Elisabeth-Ruhe vorbei, das mitten zwischen Bäumen liegt. Das findet Anton genauso seltsam, wie den Brunnen mit den drei Fischen, die dreieckig in einer runden Platte angeordnet sind und Wasser speien. Warum stehen die hier?

Nun gehen sie durch die Weinberge an den zurückgeschnittenen Reben vorbei. Er drückt nun auf's Tempo, denn es wird schon langsam dunkel und so genau kennt er den Weg nicht.

Am Abzweig Richtung Nussdorf haben sie alle den Zwischenfall vergessen. Margret und Dorothee schwatzen über alle möglich Sachen, Kleider, Kinder, irgendwelche Dinge, die sie in Frauenzeitschriften oder woanders gelesen haben.

Im letzten Büchsenlicht kommen sie an die ersten Ausläufer von Nussdorf, wo er sich wieder auskennt. Es ist stockdunkel, bevor sie auf die erste Straßenbeleuchtung treffen.

Da, wo die Straßenbahn in Nussdorf dreht, an der Haltestelle Beethovengang schauen sie erst einmal beim Schuhmacher ins Schaufenster. Der macht Schuhe vollständig von Hand. Im Schaufenster hat er sehr fremd wirkende Stücke aus Rochenleder. Die haben teils knallige Farben und oft ein raues Muster auf der Oberseite, das aussieht, als hätte jemand Perlen in Kunststoff eingegossen.

Im Fenster sind nur Herrenschuhe. „Und für uns hat er nichts? Schau mal das grüne Paar da vorne, das wäre doch was für dich, Anton oder?" Margret ist nun wirklich guter Laune und sie ist ganz bei ihnen. Er freut sich darauf, mit den beiden Frauen zu essen.

Nachdem sie noch das eine Paar mit dem anderen verglichen haben und zu keinem Schluss kommen, welches nun optimal für ihn sein könnte, gehen sie ein wenig den Berg rauf und in den Weg zum Heurigen rein. Wenn man von der Bim kommt und die Zahnradbahnstraße nach rechts hinaufgeht, liegen zwei Heurige direkt nebeneinander. Der rechte war nicht mehr wie früher und Anton und Dorothee sind dort früher oft eingekehrt.

Doch beim ‚Kierlinger', links davon, lebt die Tradition heute noch. Hier waren sie bereits vor vielen Jahren und danach immer wieder und seitdem muss ein Heuriger für Anton so ähnlich aussehen, wie dieser. Deshalb zieht es ihn auch jedes Mal, wenn sie in Wien sind, hierher.

Man kommt rein und steht im großen Gastraum. Wenn man links zwei Stufen runtergeht, steht man im Schankraum vor dem Buffet. Hinter Glas sind Salate, Süßes und Deftiges zu sehen. Im Gastraum sind die Wände, an denen Garderobenhaken angebracht sind, bis zwei Meter Höhe mit Holz verkleidet, wie es sich gehört. In vielen

Reihen stehen lange Tische mit je zwei Bänken ohne Rückenlehnen rechts und links vom Gang.

Gleich fühlt Anton sich wohl und zufrieden. Dorothee kennt das schon und macht immer geduldig mit, auch wenn sie dem Weintrinken nichts abgewinnen kann.

Er schaut zu Margret und auch sie sieht aus, als fühlte sie sich hier wohl. Die erste freie Reihe nehmen sie in Beschlag und Anton sitzt seinen zwei Damen gegenüber.

Der Kellner schreibt die Bestellung auf den üblichen Zettel vom Bäckerblock und sie genießen die Wärme des Raumes.

Er überlegt, ob und wie er Margret vorsichtig darauf ansprechen kann, was Fred ihm auf der Autofahrt von Worms aus erzählt hat. Er will sie keinesfalls verletzen oder in Verlegenheit bringen, aber ihre Einstellung zu dem Thema interessiert ihn schon.

„Donnerstagabend, als ihr zurück zum Hotel gefahren seid, hat mich Fred in einen ehemaligen Swingerclub gezerrt.", sagt er und versucht das mit einem total amüsierten Gesicht zu entschärfen.

Margret hat sich entweder voll im Griff oder Fred hat dummes Zeug erzählt: „So, hat er das? Wir waren vor Jahren mal gemeinsam bei uns in der Gegend in so einem Ding, auf sein Drängen hin. Ich hatte aber den Eindruck, dass es ihm darin nicht gefiel und mir gefiel es schon gar nicht." Nun schaut sie abwartend und prüfend in seine Augen.

„Ja, sowas ähnliches sagte er auch zu mir, es war ihm *zu schmierig* waren seine Worte, aber anscheinend hat er immer noch Interesse am Thema, sonst hätte er mich nicht dahin geschleppt.

Aber wie gesagt, handelte es sich um einen ehemaligen Swingerclub beziehungsweise auch nicht …"

„Was denn nun?" Dorothee interessiert das Thema auch.

„Na ja, es fand da eine Geburtstagsfeier von irgendeinem alten Typ statt. Michi hieß der und hatte das Format von Rolf Eden, aber die Figur von Rumpelstilzchen. Ich nehme an, das war sein siebzigster oder sogar fünfundsiebzigster Geburtstag.

Diese ehemaligen Clubs haben vor einiger Zeit dichtgemacht, weil die behördlichen Auflagen zu teuer wurden und seitdem vermieten sie die Räumlichkeiten im alten ‚*Puffornat*', will ich es mal nennen, für private Feiern. Was da abgeht, geht keinen was an und stört auch keinen und bei denen, die mitmachen, kribbelt's weil das etwas *total Sündiges* hat."

„Ja und war's denn wenigstens ein bisschen *sündig*?" Margret lächelt ihn maliziös an, in den Augen hat sie was Spöttisches. Ihm scheint, sie weiß, dass er von ihr erfahren will, wie *sie* zu Freds

Vorlieben steht, ganz unabhängig davon, ob das Freds *und ihre* Wochenendbeschäftigung ist oder nicht. Vielleicht denkt sie, dass er auf sowas aus ist, weil er mit ihr ...?

So kommt er nicht weiter. Also etwas direkter:

„Das Sündigste waren zwei Mädels, die oben ohne, nur im Tanga Tanz an der Stange gezeigt haben ... jedenfalls solange ich dort war. Es stellte sich heraus, dass sie beide Meisterschaften im sportlichen Poledance gewonnen hatten und sich auf der Feier was nebenbei verdient haben."

„Was meinst du mit ‚... *solange ich dort war* ...'", hakt Margret nach. „War Fred nicht mehr da?"

„Irgendwas an dem Abend ist mir nicht bekommen, wahrscheinlich der Sekt, den Michi ausgegeben hat. Ich hatte eine Zeitlang einen Blackout und als ich wieder klar war, war Fred weg." Er bemühte sich eine *verträgliche* Fassung des Abendgeschehens zu präsentieren. Davon, dass Mizzi auch weg war und von dem, was er von Sissi erfuhr, sagte er nichts. „Der wird wohl zurück ins Hotel gefahren sein oder er hat noch irgendwo einen Schlaftrunk genommen."

Margret durchschaut ihn und seine Flunkerei. Sie schaut alarmiert und etwas verärgert. Das Lächeln ist weg und ihre gute Laune wohl auch.

„So, dann hat er dich also in einer Stadt, fern der Heimat in desolatem Zustand allein gelassen und ist los. Schöner Freund!" Dorothee regt sich auf und schaut wütend zu Margret rüber.

„Doro, nicht böse sein. Was sollte er denn machen mit mir? Ich saß da wie betrunken und eingeschlafen. Jedenfalls muss es so gewirkt haben.

Vielleicht hat er ja versucht, mich zu wecken. Du kennst mich doch, wenn ich abends vorm Fernseher mal einschlafe, dann weckst du mich vorsichtshalber auch nicht, weil ich dann nicht zu wecken bin oder sehr ungehalten reagiere und tags drauf weiß ich von nichts mehr." Er nimmt alles auf sich. Was soll's, soll er Fred unnötig in die Pfanne hauen? „Mir ist ja nichts passiert. Michis Party war harmlos und seine Gäste auch."

Dorothee beruhigt sich und auch bei Margret bessert sich die Laune.

„Aber mal ehrlich, was habt ihr denn Sündiges damals in dem Swingerclub gemacht?", meint er Margret nun fragen zu können.

Sie reagiert sauer: „Weißt du was, das Thema lassen wir jetzt. Außerdem kommen gerade unsere Schnitzel."

Gut, dass tatsächlich das Essen kommt. Man braucht nichts zu sagen und wird durchs Essen zufriedener.

-:-

Frieden! Margret hat sich beruhigt. Sie kommt sogar auf seine Frage zurück: „Fred wollte das mal ausprobieren und hat mich lange dazu zu überreden versucht. Er ist gut im Überreden!

Schließlich habe ich eingewilligt und wir sind in die Nachbarstadt gefahren, schon um nicht womöglich irgendwelche Bekannte zu treffen, denen das dann genauso peinlich gewesen wäre wie uns.

Schon auf der Fahrt hat er ständig auf mich eingeredet, ich solle mitmachen, mich nicht zieren, was ist denn schon dabei, wird bestimmt spannend, ich würde schon sehen ...

Naja, langer Rede kurzer Sinn, ich war überredet, aber nicht überzeugt. Wir sind in das Etablissement gegangen und es war eigentlich ganz nett dort. Menschen saßen an der langen Bar, tranken und unterhielten sich. Einige Männer streiften durch den Raum und schauten sich wohl die anwesenden Frauen an. Schon nach kurzer Zeit sprach einer Fred an. Ich hörte nicht, was er sagte, bis Fred ihn mir vorstellte, ,*Margret, das ist Thomas. Er bittet uns, dass wir uns zu ihm und seiner Frau an den Tisch setzen, was meinst du?'*

Thomas sah fantastisch aus und ich fand nichts dabei, auch wenn ich die damit eventuell verbundenen Folgen nicht ganz ausblenden konnte ... oder wollte?"

„Margret, bitte, wenn es dir peinlich ist, dann hör auf. Meine Nachfrage war scherzhaft gemeint

...", ihm wird es nun peinlich und er will die Situation beenden.

„Nein, lass' nur, wir sind aufgeschlossene, moderne Menschen. Bisher habe ich noch mit niemandem darüber geredet, aber bei euch beiden bin ich sicher, dass es unter uns bleibt.

Also wir sind zu Thomas an den Tisch gegangen. Seine Frau Rita war ein Knaller. Leider nehme ich an, dass Fred das schon vorher wusste.

Ich kürze mal ab: Die Champagnerkorken knallten und es kam der Moment, wo Fred mir sagte, dass er sich nun mit Rita in ein Séparée begeben würde. Er grinste und wünschte mir viel Spaß mit Thomas.

Es wurde ernst und ich bekam Beklemmungen. Bei aller Aufgeschlossenheit, wir waren damals über zehn Jahre verheiratet. Ich hatte nie was mit einem anderen Mann währenddessen und nun sollte ich mit Freds Erlaubnis mit diesem Fremden ins Bett gehen?

Auch, dass ich mir vorstellte, was Fred und Rita gerade machten und mir einredete, ich sollte mich revanchieren, half nicht.

Kurz und gut, ich entschuldigte mich bei Thomas, bestellte mir ein Taxi und fuhr allein nach Hause.

Das war mein Erlebnisbericht ,*Swinger-Club'*." Sie lacht verlegen.

„Ich kann dich verstehen. Mir wäre es wohl genauso gegangen. Was für eine perverse Vorstellung, man pennt mit einer Frau und weiß, dass die Partnerin gerade mit deren Mann durchs Bett tobt. Ich glaube, bei mir würde das nicht klappen, äh, meine ‚*körperliche Bereitschaft*‘ würde sich nicht einstellen. Na ihr wisst schon!"

Dorothee lacht los: „Das ist ja eine schöne Geschichte, aber mal ehrlich, irgendwie prickelt's da doch auch oder?"

Anton schaut sie ganz empört an und sieht aus, als wüsste er nicht, was er sagen soll.

„Aus der Ferne betrachtet, bevor es konkret wurde, hat's bei mir auch noch geprickelt, aber dann ... es ging einfach nicht!" Margret hat alle Verlegenheit abgelegt. Sie scheint sogar froh zu sein, das erzählen zu können.

„Doro, ich glaube, wir beiden müssen uns mal allein unterhalten.", sagt Anton vermeintlich drohend und bemüht sich, es wie ein Scherz klingen zu lassen.

„Tut euch keinen Zwang an, ich muss sowieso mal für kleine Mädchen.", sagt Margret, nimmt die Handtasche und steht auf, um zu gehen. „Wo ist das denn hier?"

Eigentlich muss Anton auch zur Toilette, es sähe komisch aus, wenn er mit ihr ginge. Ach Quatsch: „Weißt du was, unsere Aussprache verlegen wir ins Hotel und ich begleite dich. Ich muss nämlich auch."

Nun schaut Dorothee ihn fragend an.

Er hat sich sehr beeilt, auf dem Klo fertig zu werden und geht wieder zurück. Dabei sieht er einen Mann - den Heurigenwirt glaubt er - mit einem anderen am Tisch direkt beim Buffet sitzen. Den anderen Mann erkennt er sofort.

Er setzt sich und nimmt keine Rücksicht auf Dorothees umwölkte Stirn:

„Du, Dorothee, das ist doch der alte Mann vom Friedhof der Namenlosen, der da am ersten Tisch sitzt oder?", flüstert er ihr zu und man sieht seine Gänsehaut, ihm stehen wieder die Bartstoppeln ab.

„Ich habe keinen Mann am Friedhof gesehen.", flüstert sie reserviert. Sie schaut ihn grübelnd und fragend an. Ist sie jetzt noch wütend oder ist das wegen des Mannes?

„Na du weißt doch der, der in der Kapelle war! Ich hab dir doch davon erzählt. Er ging gerade, als du nachgekommen bist."

„Das höre ich zum ersten Mal, dass da ein Mann gewesen sein soll!", sagt sie kurz ab. Die Klärung im Hotel wird schwierig, befürchtet er.

Aber was ist nur mit ihm los? Sieht er Gespenster? Bildet er sich das alles nur ein? Diesmal hilft ihm der Wien-Aufenthalt nicht beim mentalen Ausgleich, stellt er erneut fest. *Dorothee hat ihn vielleicht nicht gesehen. Während sie rechts runter kam, ist er die Treppe links hoch.'* gibt er sich nochmal die Erklärung, die ihn beruhigen soll. Soll, aber nicht tut!

‚Ich muss aus dieser Spirale raus! Heute Nacht werde ich früh schlafen gehen. Spätestens halb elf ist Schluss!' nimmt er sich vor.

Es dauert nicht lange und auch Margret ist wieder zurück. Von den dreien hat sie die beste Laune. Sie trinken aus, er zahlt und sie gehen zur Haltestelle der Linie D mit der sie zurück zum Hotel fahren.

21 I werd' narrisch!

Von der Hotelbar nimmt Anton noch eine Flasche Bier und eine Cola für Dorothee mit. Margret hatte sich schon von ihnen verabschiedet, nachdem sie sie beide kurz in den Arm genommen und gedrückt hatte.

Im Zimmer angekommen, setzen sie sich ohne Absprache auf Couch und Sessel im Wohnbereich. Er holt Gläser und gießt Dorothee die Cola und sich das Bier ein.

„Bitte nimm es mir nicht übel, aber ich musste wirklich dringend auf's Klo. Ich hatte das schon lange zurückgehalten, weil ich Margret bei ihrer Beichte nicht unterbrechen wollte und ich war doch auch ruckzuck wieder zurück oder?"

Warum entschuldigt er sich? Eigentlich will er von Dorothee wissen, was bei ihr *prickelte*, als sie sich die Situation im Swinger-Club vorgestellt hat. Das ist typisch für sie beide, vielleicht auch bei anderen Paaren? Seine Harmoniesucht wird immer angestachelt, wenn Dorothee auch nur den kleinsten Anlass zur Äußerung ihres Ärgers nimmt. Dann wieselt er, im übertragenen Sinne direkt vor und um sie herum und versucht, gutes Wetter zu machen. Sie weiß das und nutzt es aus, um zum Beispiel wie in diesem Fall, den Spieß umzudrehen. Hinzu kommt nun seine Erinnerung an ihren Traum der ersten Nacht in Wien, den sie ihm in der Frühe erzählt hat.

Nach all den Jahren ist er eifersüchtig. Eigentlich unnötig, denn er weiß nun, dass Fred übertrieben hat, als er ihm von seinem Eheleben erzählte. Er glaubt eher Margrets Bericht als Freds Schwadronieren. Damit und nach seinem heutigen Abgang ist die Drohung vom Tisch beziehungsweise das Damokles-Schwert über seinem Kopf verschwunden.

Doch er beruhigt sich nicht.

„... war schon peinlich, also wirklich!", beendet Dorothee einen Satz, dessen Anfang er nicht mitbekommen habe.

„Entschuldige, ich habe den ersten Teil von dem, was du gesagt hast, verpasst."

Dorothee will keinen Zentimeter Grund aufgeben: „Na, das ist ja mal wieder typisch. Du willst eine Aussprache und dann hörst du mir nicht zu. Ich sagte, das mit dem gemeinsamen Toilettengang wäre peinlich gewesen."

Manchmal ist sie auf Streit aus und er fragt sich, wie sie es so lange Jahre miteinander aushalten. Seine Harmoniesucht ist abgeklungen. Er findet, *sie hat mal wieder überreizt*!

„Also, nun pass mal schön auf. Anfangs habe ich geschwankt, ob es ein Scherz war, als du von deinem ‚*Prickeln*' sprachst, doch jetzt, wo du den

‚*gemeinsamen Toilettengang*'", er bemüht sich ihren Ton dabei zu treffen „hochspielst, hatte ich den Gedanken, dass es kein Scherz war. Du entfernst dich! Bei dir hat's wirklich geprickelt. Und mit Fred hast du dich anscheinend auch schon arrangiert. Denk mal an deinen Traum und deine Worte: ‚*Du, der ist eigentlich ganz nett ...*' oder so ähnlich!

Sieht so aus, als stände einem gemeinsamen Vierer mit vertauschten Rollen nichts mehr im Weg, wenigstens von deiner Seite aus!" Anton ist richtig wütend. Bevor Dorothee ihm antworten kann, trinkt er sein Bier aus, zieht den Mantel an und geht aus dem Zimmer.

„Du brauchst nicht auf mich warten. Schlaf schön!"

Er hört Annie Lennox singen:

I used to have demons in my dreams tonight
Desire, despair, desire, so many monsters ...

Das ist aus dem Song „*No more I love you's*", wobei er ihn immer falsch im Kopf hat. Es müsste „*... in my room at night*" heißen und nicht „*... in my dreams tonight*"!

-:-

Unten in der Halle, vibriert sein Handy. Ihm ist eine Snapchat-Nachricht geschickt worden. Von wem? Er kennt den Absender nicht. Die Nachricht besteht aus einem Bild mit einem QR-Code und dem Text *„Narrenturm 23:00 Uhr"*. Was soll das sein?

Egal, er geht aus dem Hotel ohne Ziel in den bitterkalten Abend hinein. Der nasskalte, starke Wind fühlt sich an, als wären es sehr unangenehme -5°C. Seine Wut löst sich schnell und er überlegt, ob er einfach zurückgeht. Er hatte sich vorgenommen, früh schlafen zu gehen.

Als er aus seinen Gedanken zurückkehrt und aufblickt, bemerkt er, dass er auf ein Taxi zugeht ... in dem sein alter Freund Rosenstein sitzt.

Plötzlich hat er eine Idee und schaut nochmal in sein Snapchat rein. Die Nachricht, die er gerade gekriegt hat, ist noch da und der QR-Code kommt ihm bekannt vor. Er sieht dem sehr ähnlich, den er vor - er weiß schon gar nicht mehr vor wie vielen Tagen von Jerzy bekommen hat.

Das scheint ewige Zeit her zu sein. Er schaut nochmal nach, kann aber Jerzys Nachricht nicht finden. Er ist sich aber ganz sicher, dass darin kein Ort angegeben war; brauchte Jerzy ja auch nicht, er wurde chauffiert.

Nun war klar, woher die wussten, dass er nicht „dazugehörte". Ein QR-Code ohne Ortsangabe kann nur bei jemandem angekommen sein, der hingefahren wurde, weil er den Ort nicht zurückverfolgen können darf. Das gilt sicher nur für die, die dort „arbeiten", also kellnern oder musizieren wie Jerzy und seine Frau.

Er ist hin und her gerissen, schlafen gehen oder bei Rosenstein einsteigen?

„Guten Abend, Herr Ingenieur! Steigen Sie ein und lassen Sie uns ein wenig fahren. 'S geht auf's Haus." Er nimmt ihm die Entscheidung ab und Anton steigt ein.

„Haben Sie Ihre Dame noch?", fragt er ihn wieder. Anton ist drauf vorbereitet.

„Nein, die ist mir soeben abhandengekommen und die Partie ist wohl verloren!"

„Bringen Sie einen Bauern durch, dann sind die Chancen neu verteilt.", sagt er. „Wohin soll's denn gehen, der Herr?"

Es ist noch früh, zwanzig vor zehn Uhr.

„Ich müsste um elf am Narrenturm sein. Was machen wir bis dahin?"

„Wir gehen einen guten Kaffee trinken. Machen Sie es sich bequem!" Schon fährt er los. Es geht über den Ring in die Prinz-Eugen-Straße, an der Mauer vom Belvedere-Garten vorbei und kurz vorm Gürtel rechts rein in eine Gasse. Schon nach wenigen Metern parkt er die Taxe und sie steigen aus.

„Ich führ Sie jetzt in ein Kaffeehaus, das noch authentisch ist. Im Café Goldegg haben sie noch nicht renoviert und abgesehen davon ist der Kaffee ausgezeichnet."

Sie sind eingetreten. Der Gastraum sieht aus, wie in den meisten Kaffeehäusern. Da sie oft am Eck liegen, ist der Raum wie ein „L" im Grundriss. Man kommt herein, da wo der rechte Winkel ist. Schräg gegenüber der Tür ist die lange Theke und eine Vitrine mit Torten. Sie gehen nach links in den längeren Schenkel des „L" an zwei Billardtischen vorbei. An der Wand, zwischen den Fenstern sind eigenartige Einrichtungen, die aus Ausschnitten in der Vertäfelung bestehen, in denen man Zahlen sieht und darunter sind Drehknöpfe. Wahrscheinlich wird damit der Spielstand der Billardpartien dokumentiert.

Es ist nur ein einziges Tischchen frei und sie quetschen sich in die enge Nische, die zwei Einzelbänke aufweist.

„Ja, das hat was, Herr Rosenstein." Wie immer herrscht eine Geräuschkulisse, wie er sie an Kaffeehäuser so liebt. Eine Kellnerin kommt. Sie sieht aus, als wäre sie gerne ein Mann. Ihre Haare sind kurz geschnitten, mit Pomade oder Gel angeklatscht und glänzen wie schwarzer Klavierlack auf ihrem Kopf. Zu ihrer weißen Bluse trägt sie eine schmale, schwarze Krawatte mit kleinem Knoten zwischen den Kragenecken, die abgerundet und heftig gestärkt sind. Anfang fünfzig wird sie sein. Mit tiefer Stimme fragt sie:

„Was darf's denn sein, die Herren ...", kurz zögert sie, bevor die Sonne in ihrem Gesicht aufgeht „ja wenn das nicht der alte Itzhak Rosenstein ist. Itzhak, grüß' di, wie geht's? Lass dich drücken!"

Herr Rosenstein steht etwas verlegen auf, die Kellnerin greift ihn sich und schmatzt ihm rechts und links Küsse auf die Wangen.

„Carla, lass mich leben. Ich bin ein alter Mann. Lange war ich nicht mehr hier ... seid Elfriede nicht mehr mitkommen kann ... nicht mehr."

„Ich hab's gehört. Wie lange wart ihr verheiratet?" Carla ist ernst geworden

„Drei Jahre noch und wir hätten die Diamantene feiern können!", sagt Rosenstein betrübt. „Aber sie schaut immer runter, besonders in der Nacht, wenn ich fahre, weil ich nicht schlafen kann.

Doch heute bringe ich dir meinen liebsten Fahrgast mit, den Herrn Ingenieur ... äh ..."

„Anton Kortner", springt er so schnell auf, wie ihn die Nische hergibt, um Carla die Hand zu geben, „Herzenswiener aus Deutschland."

„Bleiben's sitzen, Herr Ingenieur! Herzenswiener?" Clara schmunzelt. „Da gibt's viele. Wir Wiener verstehen das gar nicht, glaube ich, aber irgendwas muss an Wien dran sein, wenn so viele verrückt danach sind, wieder und wieder herzukommen."

213

Würde er sie nicht sehen, dächte er ein Mann in den besten Jahren hätte das gesagt. Ihre Stimme ist kein Alt sondern eher Bariton.

„Ich kann's ehrlich gesagt nicht beschreiben, aber in Wien, egal wo, geht's mir einfach gut, so als wäre ich hier zu Hause, nein, als gehörte ich hier hin!"

„Ich glaub Sie sind einer dieser Insichgekehrten", sagt sie und ihre Augen gehen rauf und runter, nach rechts und links über sein Gesicht, als würde sie es *scannen* „die sich nicht trauen, ihr Leben selbst voll auszuleben."

Aus den Augenwinkeln bemerkt er, dass Rosenstein sich strafft, aufmerkt.

„Das kann schlimm werden, wie ein Furunkel, das erst rot wird, dann anschwillt, die Haut spannt, schmerzt und plötzlich aufbricht und Eiter ergießt. Passens auf, dass es Ihnen nicht so geht, dass Sie rechtzeitig den Druck ablassen!", fährt sie fort. Ihm läuft's eiskalt den Rücken runter.

Ihre bis dahin besorgte Miene hellt sich nun auf: „Seid's zum Reden kommen ihr zwa? Was kann ich euch bringen? Ich lad euch ein."

„Einen großen Schwarzen mit einem Klecks Milchschaum bitte.", sagt Anton.

„Und mir bringst' eine kräftige Melange."

Sie setzen sich wieder mit Mühe in die enge Nische, wenn man erstmal sitzt, ist es in Ordnung.

„Was war das, Herr Rosenstein? Was wollte Carla mir sagen?"

„Nehmen's das nicht so ernst. Carla glaubt, die Zukunft vorhersehen zu können. Wenn Sie nachfragen, kommt sie und liest Ihnen aus der Hand!" Er lacht, aber es überzeugt Anton nicht.

„Meine Frau ist vor drei Monaten gestorben, Krebs. Das ist wohl der schlimmste Tod, den man sterben kann." Rosenstein ist sehr traurig. „Da haben's unsere Eltern geschafft, uns durch die schwere Zeit zu bringen und dann kommt dieser Mörder. Ich habe meine Frau kennengelernt, da waren wir sechzehn und mit zwanzig haben wir geheiratet. Das ging nur mit schriftlicher Genehmigung unserer Eltern."

„Meine Frau kenne ich auch, seitdem sie sechzehn und ich siebzehn war und auch wir haben mit zwanzig beziehungsweise einundzwanzig geheiratet. ... *Jung gefreit, nie gereut!* sagt man ja wohl."

„Oh, so war es bei uns nicht immer. Meine Elfriede konnte schon ein Biest sein. Aber es ist so, wenn sie jetzt statt meiner hier säße, hätte sie gesagt ‚Mein Itzhak konnt' schon a Schmock sein!' Ich war stets elegant gekleidet und hatte wenig von den aschkenasischen Juden. Man streitet sich eben in den vielen Jahren. Das ist normal." Beim Wort ‚*aschkenasisch*' sieht er, dass Anton stutzt.

„Sehen Sie, wir sind Aschkenasim, das heißt unsere Wurzeln gehen auf die osteuropäischen Juden zurück. Obwohl Elfriedes Eltern und Großeltern schon lange hier in Wien im 2. Bezirk gelebt haben und meine Eltern und ich aus Russland herkamen, war sie viel orthodoxer als ich.

Waren Sie schon mal in der Leopoldstadt, im 2. Bezirk? Wenn Sie da die Taborstraße lang gehen, werden Sie oft Männer, die schwarze Anzüge anhaben, sehen, mit weißen Hemden, über der Hose getragen, mit kleinen Stoffzöpfchen unten am Saum. Deren Kopf ist immer bedeckt, wenigstens mit einer Kippa, das ist das kleine Käppchen, was man auf dem Wirbel trägt, aber meistens haben sie schwarze, breitkrempige Hüte auf und darunter schauen Schläfenlocken hervor.

Das sind orthodoxe Juden und die, die in der Leopoldstadt wohnen, sind fast alle Aschkenasim, also aus Osteuropa.

Sie gehören gewissermaßen zur zweiten Besiedlungswelle durch Juden in Wien. Die erste Welle liegt mehrere Hundert Jahre zurück und das waren Sephardim, die im 15. und 16. Jahrhundert aus Spanien vertrieben wurden. Die siedelten sich erst im Maghreb und im Bereich des östlichen Mittelmeeres an, doch auch da gab es Vertr"eibungen, die dann viele auch nach Wien führten. Deren Ansiedlung war in dem Viertel rund ums *Griechenbeisl.*"

„Arthur Schnitzler war doch auch jüdischer Abstammung und der wuchs doch, glaub ich in der Nähe des Praters auf. War der auch Aschkenasim?"

„*Aschkenasi* ist der Singular, Herr Ingenieur. Sicher liegen seine Wurzeln im osteuropäischen Raum. Doch diese jüdischen Wiener waren schon fast Adelige. Auf jeden Fall gehörte Schnitzler zu einer Gruppe, die viele Ärzte, Juristen und Wissenschaftler aufwies und einen großen Anteil des gehobenen Wiener Bürgertums ausmachten. Die waren überhaupt nicht orthodox, sondern Österreicher durch und durch und wichtige Stützen des k&k Reiches.

Aber interessant, warum fragen Sie nach Schnitzler?"

„Wahrscheinlich habe ich alles gelesen, was Schnitzler verfasst hat. Und auch alles Mögliche sonst noch, was zu der Zeit und von den damaligen Autoren stammt, Joseph Roth, Hugo von Hofmannsthal, Ödön von Horvath ...

Für mich war der Jahrtausendwechsel 19. auf 20. Jahrhundert eine Zäsur, wie es keine davor und danach in der Geschichte gab. Über diese Zeit will ich alles wissen." Er ist kaum zu stoppen, wenn er darüber redet. Rosenstein sitzt ihm gegenüber und lächelt weise.

„So hätte unser Sohn sein sollen, so wie Sie, Herr Ingenieur!" In seinen Augenwinkeln glitzert es. „Aber leider haben wir keine Kinder fertiggebracht, Elfriede und ich. Wer weiß, wozu's gut war. Wie auch immer, so oder so, wenigstens *Sie* gibt's ja!" Er seufzt.

Der Kaffee ist schon lange da. Er hat gar nicht bemerkt, dass Carla ihn gebracht hat.

„Der ist wirklich gut, genauso gut wie der, den wir uns zu Hause machen. Ab sofort liebe ich das Café Goldegg und werde in Zukunft öfter hergehen." und er setzt fort,

„Herr Rosenstein, nehmen Sie's mir nicht übel, ich bin ein absolut pünktlicher Mensch. Wie lange ist's von hier zum Narrenturm?"

„A Viertelstund' wird's gehen um diese Zeit. Wir haben noch genug Zeit um ruhig auszutrinken." und er ruft: „Carla, kommst her? Ich möcht bitte zahln."

„Hascherl, was maanst, wann i di einlad'. Willst mi aanzündn?", steht sie in Sekundenschnelle an ihrem Tisch.

„Ich dank auch schön, liebe Carla, vergelt's Gott und ich komm jetzt wieder öfter, wirst's sehen."

Auch Anton bedankt sich artig und sie gehen schon zum Ausgang. Die Uhr oben an der Decke über der Kuchenvitrine zeigt immer noch zwei Minuten nach sechs! Wenn er in einem Jahr oder so wiederkommt, wird's noch genauso sein, nimmt er an.

Also Carla und Itzhak ‚*Nach dem Krieg um sechs im Café Goldegg*' macht er im Kopf seine Verabredung wie einst der Schwejk. Für das, was er erlebt, ist *Krieg* der passende Begriff.

Rosenstein fährt ihn zur Spittel-, Ecke Lazarettgasse, zeigt ihm die Richtung die er gehen muss und verabschiedet sich von ihm, als würden sie sich nie mehr wiedersehen. Er steigt aus, macht ihm die Tür auf und nimmt ihn in den Arm, bevor er ihn gehen lässt.

„Bringen Sie einen Bauern durch!"

-:-

Durch einen Fußweg betritt er den Campus am Alten AKH und steht direkt vor dem Narrenturm. Nicht weit entfernt stehen diverse Nobelkarossen, Bentley, Rolls Royce, Bugatti. Das weiße Jaguar-Cabrio, das er dort sieht, ist noch eines der mickrigsten Fahrzeuge.

Die Eingangstür vom Narrenturm steht auf und ist erleuchtet. Gut gekleidete Männer gehen dorthin und zeigen den Türstehern ihre Handys.

Er sucht seines und findet es in seiner Innentasche. Die Snapchat-Meldung ist immer noch da, komisch? Was ist nun mit Maske und Umhang? Er hat nichts dabei, aber auch die nicht, die vor ihm reingehen. In relativ großem Abstand wird er aufgehalten. Anscheinend auf ein Zeichen hin, lässt ihn der, der ihn aufgehalten hat, vortreten. Er zeigt sein Handy und die Meldung und darf eintreten. Er ist allein im Vorraum, wo auch das Kassenhäuschen des Museums ist. Ein Pfeil zeigt auf eine Tür. Er geht durch die Tür und findet dort auf einem Stuhl einen schwarzen Umhang und eine Maske.

Au weia, man wird also ausgestattet. Beim letzten Mal hatte er alles mitgebracht und war unpünktlich. Die Umkleide war wohl schon abgebaut. Noch ein Indiz, mit dem er auffallen musste.

Der Raum hat eine zweite Tür und er kommt zur Treppe, an der wieder ein Pfeil, der nach oben weist, angebracht ist. Schon im ersten Stock sieht er das, was er in der Villa sah. Viele Männer in Umhängen und mit gleichen Masken und ebenso viele wunderschöne Frauen auch mit Masken und Highheels und sonst nichts.

Noch lustwandeln alle und er schließt sich an. Es geht wohl darum, seine Wahl zu treffen. Ein Kellner, in einem Kostüm aus Mozarts Zeiten und mit einer gepuderten Perücke bietet ihm auf einem Tablett Champagner an. Er greift zu.

Musik spielt irgendwo im Stockwerk darüber, jedoch nicht Geige und Cello, sondern ein Piano. Also Jerzy und Jana sind's wohl nicht heute

Abend. Was denen wohl passiert ist? Wurden sie als die Verräter entdeckt?

„Guten Abend! Sind Sie wieder da, mein Herr?", fragt ihn eine wunderbare Stimme. Er dreht sich um und sieht eine Schönheit mit langen, welligen rotbraunen Haaren, die ihm sehr bekannt vorkommt.

„Sissi? Du lebst?"

„Pscht, keine Namen! Warum sollte ich nicht leben?"

„Du bist doch die, deren Namen ..."

„Darauf werden Sie keine Antwort bekommen, mein Herr! Aber lassen Sie uns ein wenig nach oben gehen, der Musik lauschen und dem Treiben zuschauen."

Es ist ein sensationelles Gefühl, mit dieser groß gewachsenen, schönen, unbekleideten Dame an seiner Seite, die sich bei ihm eingehakt hat und gemessenen Schrittes neben ihm geht, langsam die Treppe raufzusteigen.

Nein, ganz nackt ist sie nicht. Sie trägt wie alle anderen auch die Maske und mörderisch hohe, rote Pumps, aber zusätzlich hat sie wunderbare weiße, seidig glänzende halterlose Strümpfe an, mit einem Spitzenrand oben, wo sie mitten auf ihren Oberschenkeln enden. Rechts und links außen sind feine Schleifchen aus Seidenband angenäht. Das bildet zusammen mit ihrer hellen Haut einen schönen Kontrast zum rotbraunen Dreieck in ihrem Schoß.

Er ist von einem Moment auf den anderen stark erregt, was sich auch körperlich bei ihm äußert. Er muss seine Hand in die Hosentasche stecken, dort wird es eng und er muss ordnend eingreifen.

Komme was wolle, heute folgt er Freds Rat und lässt es endlich mal krachen. Wenn nicht jetzt, wann dann? Wenn er Wienerisch denken könnte, würde ihm ,*I werd' narrisch!*' durch den Kopf gehen. Am richtigen Ort dafür ist er!

So wie ihm geht's anscheinend vielen. Er sieht mehrere Herren, die die Hand in der Hosentasche haben und etwas ungeschickt stehen, während der Umhang vorne aufklafft. Er hat das schon auf der Treppe erledigt.

Es kommt ein sehr großer, kräftiger Mann in den Flur des zweiten Stocks. Er hat die Aura eines Mannes, der zu befehlen und zu führen weiß. Sein Umhang unterscheidet sich von denen der anderen durch goldenen Besatz, genau wie seine Maske. Er klatscht in die Hände und das Piano verstummt.

„Liebe Freunde! Wieder treffen wir uns und zwar an einem unnachahmlichen Ort, voller Geschichte und Atmosphäre. Wie lange gibt es unsere Vereinigung schon und nie waren wir hier. Es musste erst ein Gast kommen, um uns darauf zu bringen. Darf ich vorstellen, ein neuer Bruder ist zu uns gestoßen."

Erneut hebt er den Arm, deutet auf einen Mann, der rechts von ihm in dem Kreis steht, der sich mittlerweile gebildet hat und lässt ihn vortreten.

Sofort singt Carly Simon in Antons Kopf:

„You walked into the party
Like you were walking onto a yacht
Your hat strategically tipped below one eye
Your scarf, it was apricot
You had one eye in the mirror as
You watched yourself gavotte
And all the girls dreamed that they'd be your partner
They'd be your partner, and
You're so vain
You probably think this song is about you
You're so vain,
I'll bet you think this song is about you
Don't you?
Don't you?"

Der Angekündigte ergreift das Wort:

„Liebe Brüder, dort wo ich herkomme, habe ich von eurem Bund vage gehört. Es wird wie von einer alten Sage gesprochen und niemand weiß ob mit oder ohne wahrem Kern. Ich bin nun klüger und bedanke mich sehr für eure Gastfreundschaft, die ihr mir, meiner Begleitung und meinen Freunden gewährt. Für mich ist es eine Ehre, im Bunde der Adamiten ..." heftiges Geraune und Gezische unterbricht seine Rede. Der Oberste legt ihm die Hand auf den Arm und flüstert in sein Ohr. „Oh, Pardon! Ich wusste nicht, dass ... Also ich bin stolz hier zu sein und würde gerne dauerhaftes Mitglied eures Bundes werden.

Eines wüsste ich noch gern; wir sind hier in einem Gebäude, das der Stadt Wien gehört. Es ist ein Museum und nur zur Besichtigung geöffnet. Wie war es euch möglich, hier Zutritt zu bekommen und es für euer Treffen zu nutzen?"

Der Schreck steckt Anton in allen Glieder! Er ist wie paralysiert. Das ist Fred! Seine Stimme ist unverkennbar und Statur und Bewegungen passen exakt. *Verdammte Scheisse! Er ist ihm in die Falle gegangen! Wie kommt er hier raus? Der hat auch noch die Chuzpe von ‚seiner Begleitung und seinen Freunden' zu sprechen. Da kann er doch nur Margret, Dorothee und Anton meinen oder? Dorothee! Der weiße Jaguar draußen! Ist sie hier? Er schaut sich um, aber sieht keine Dame, die ihr ähnlich sieht. Wenn er verschwindet, kann er Sie und Sissi nicht hier lassen. Große Teile der Rede hat er nun verpasst. Der Oberste hat wieder das Wort.*

„Um deine Frage zu beantworten, zitiere ich einen alten Witz ‚Warum leckt sich der Hund am Sack? ... Weil er es kann!' Warum sind wir hier? Weil wir

224

es können! *Ausrufungszeichen!*" Es folgt heftiger Applaus und ,*Hört! Hört!*' Rufe.

Ihm wird klar, dass hier ein Zusammentreffen von Großen und Mächtigen stattfindet, wahrscheinlich *den Größten und Mächtigsten der Stadt Wien!* Heißt es nicht auch, dass Kronprinz Rudolf regelmäßig bei Treffen der Adamiten gewesen sein soll? Das ist dann wohl Tradition. Wien besteht vor allem aus Traditionen.

„Lieber Freund und Bruder, dir sei gewährt, als erster deine Wahl zu treffen. Egal ob du aus einem bereits bestehenden Pärchen oder aus den anderen wählst, die Person, die du als erste Begleitung des heutigen Abends willst, wird dir zu Diensten sein ebenso wie alle weiteren, nach denen dir danach sein wird."

Der Kreis ist groß. Der Flur reicht kaum aus. Der Boden hier im zweiten Stock hat schwarze und weiße Steinfliesen, wie ein großes Schachbrett. Wo stehen darauf Antons Bauern?

Von unten sind alle dazu gekommen und die gesamte Gesellschaft wartet nun darauf, dass der Gast seine Wahl trifft.

Er befindet sich im Kreis und geht langsam links herum von einer Dame zur nächsten. Ab und zu hält er an, schaut etwas länger, aber geht weiter.

Nun steht er vor Anton und statt Sissi an seiner Seite anzusehen, grinst er ihn höhnisch an, das gleiche Gesicht, mit dem er lacht. Mr Hyde ist wieder da, zwar groß und gerade gewachsen und ohne behaarte Klauen, aber inwendig genauso böse.

,He put the glass to his lips, and drank at one gulp. A cry followed; he reeled, staggered, clutched at the table and held on, staring with infected eyes, gasping with open mouth; and as I looked, there came, I thought, a change - he seemed to swell - his face became suddenly black, and the features seemed to melt and alter - and the next moment I had sprung to my feet and leaped back against the wall, my arm raised to shield me from that prodigy, my mind submerged in terror.'

So ähnlich wie es bei der Verwandlung in *Dr. Jekyll und Mr Hyde* beschrieben ist, geht es ihm auch. Er springt zwar nicht auf seine Füße, denn er steht, aber er weicht, ohne es ändern zu können, nach hinten zur Wand zurück.

Fred geht grinsend weiter. Er ist einmal rum und steht wieder an seinem Ausgangspunkt.

„Meine Damen, nehmen Sie es mir bitte nicht übel, aber ich war bereits vergeben, als ich herkam. Eine Zeile meines Tanzkärtchens ist bereits gefüllt, aber nur eine! Die eine oder andere von Ihnen werde ich später sicher noch treffen, aber nun drängt es mich, meine erste Partnerin zu wählen. Bitte treten Sie vor, meine Liebste!" ,Tanzkärtchen'!

Das macht er wirklich charmant, der Schmock. Anton weiß ja nun, was das heißt.

Da wo er ursprünglich selbst im Kreis gestanden hatte, als er geehrt wurde, öffnet sich die Reihe und eine weitere schöne Frau tritt hervor, die unzweifelhaft Dorothee ist.

Anton sieht Dorothee und auch wieder nicht. Das kann nicht sein! Nie würde *seine* Frau so etwas mitmachen. Träumt er?

Er muss an sich halten, um nicht nach ihr zu rufen. Seine Partnerin bemerkt das und hält ihn mit eisernem Griff am Arm. Er sieht roten Flecken wie Sterne vor seinen Augen. Er kann kaum noch stehen, schwankt.

Seine Begleitung zieht ihn beiseite in eine von den engen Kammern, die er noch morgens auf zwölf, dreizehn Quadratmeter geschätzt hatte. An den Wänden sind immer noch die Regale mit Präparaten, doch alles andere ist rausgeschafft und durch ein französisches Bett ersetzt worden.

Sie zieht ihn zum Bett und drückt ihn drauf. Im Sitzen lässt der Schwindel nach. Er wird langsam wieder er selbst.

„Sissi, hast du das gesehen? Das war meine Frau, die dieser Arsch hier angeschleppt hat!", schreit er wütend.

„Also erstens bin ich nicht *Sissi*, von der du dauernd sprichst. Wer ist das überhaupt? Hast du mit der was laufen?

Zweitens ist der *Arsch*, der *deine Frau abgeschleppt hat*, mein Mann Fred. Ich glaube, sie hat nichts dagegen!

Und drittens, schrei' hier nicht so rum! Es wird mir schwerfallen, dich nochmal zu retten. Gut, dass die Mauern hier so dick sind."

Sie nimmt die Maske ab und er erkennt wirklich Margret, die so schön wie noch nie aussieht. Er steht auf, nimmt sie in die Arme und küsst sie leidenschaftlich. Erst sind ihre Lippen hart, doch sie entspannt sich und erwidert seinen Kuss. Genau genommen ist sie es, die nun fordernd wird und ihm unter dem Umhang über den Rücken runter zum Po fährt. Er spannt ihn reflexartig an und sie drückt ihre Fingernägel hinein. Durch die Hose spürt er die Stiche.

Ihre Hüften sind nach vorne gegen ihn gedrückt und sie bewegt sie nach rechts, links, oben und unten. Das, was er auf der Treppe schon ordnen musste und bei der ‚Auswahl' abgeklungen war, stellt sich stärker ein, als jemals zuvor. Er hat eine fast schmerzhafte Erektion.

Wieder sieht er rote Sterne und will nur noch eines, seine Hose ausziehen und mit Margret auf das Bett. Ersteres hat Margret bereits in die Hand genommen und aufs Bett kommt er noch nicht, weil sie noch etwas in die Hand genommen hat.

‚I werd' narrisch!' schießt es ihm wieder durch den Kopf. Seine Prinzipien flackern spärlich auf: *‚Wenn er das macht, hat Fred gewonnen! Soweit wollte er ihn bringen!'*

‚Egal! Dorothee macht's doch auch mit ihm!' antwortet er seinem Gewissen zornig. Er wird seiner Frau zum ersten Mal untreu.

Margrets Griff ist kaum noch auszuhalten. Aber sie kennt sich aus. Sie lässt los und drückt ihren Daumen oben auf die Öffnung. Sein Orgasmus bleibt zurück und nun legen sie sich auf's Bett.

-:-

Die Tür springt auf und schlägt heftig mit der Klinke gegen die Wand. Er springt vor Schreck auf. Im Raum steht eine etwas jüngere Ausführung von Margret mit Maske.

„Anton verschwinde, du bist in Gefahr. Dieser Neue tobt und spricht gerade mit dem Obersten. Er beschuldigt dich und deine Frau, dass ihr diese *Sekte* nur ausspionieren und in die Öffentlichkeit bringen wollt, was bei deren Treffen abläuft. Das lassen die keinesfalls zu."

Margret sitzt stinksauer auf dem Bett: „Wer ist das? Ist das deine *Sissi*?"

Genau, es ist Sissi und sie rettet ihn, wieder. Sie war der *Bauer*, von dem Rosenstein sprach und nun ist sie seine Dame geworden. Fred hat nicht gewonnen, na ja, jedenfalls nicht so richtig.

Wenn man vom Teufel spricht ... Fred steht an der Tür und zerrt die nackte, unmaskierte Dorothee hinter sich her. Sie hat nicht mal mehr Schuhe an. Der Oberste der Adamiten steht daneben und schaut wütend von ihm zu Anton.

Sissi nimmt die Tür und schmeißt sie zu. Von draußen ist ein Schrei zu hören. Fred hat die schwere Tür abbekommen. Sie ist ihm ins Gesicht und vor die Nase geschlagen. Als Anton rausschaut, liegt er im Flur, besinnungslos und in einer Blutlache, die von seiner Nase gespeist wird. Sissi schubst ihn raus, greift Dorothee und ihn am Arm und zieht sie, so schnell sie kann, über den Flur zur Treppe.

Doch unten am Fuß der Treppe im ersten Stock stehen einige der Leute, die zu Beginn Einlass und Garderobe bedient hatten. Türsteher mit ebensolchen Figuren.

Es ist unmöglich, wegzukommen!

22 Der Ausgang des Spiels

Hat wirklich Anton gewonnen oder doch Fred? War er nicht bereit und auf dem besten Wege mit Margret zu schlafen und seine Frau mit ihr zu betrügen? Er war ja sogar schon im Bett mit ihr und ohne ihr Geschick hätte er bereits in ihre Hand ejakuliert.

Er ist in einem fürchterlichen geistigen Zustand. Körperlich wirkt sich das so aus, dass sein Herz rast und seine Adern in den Armen zu platzen scheinen. Fred hat ihn so weit gebracht, dass er seine Prinzipien verletzt hat, jedenfalls im Kopf, wenn auch nicht körperlich vollzogen.

Der Sinn dieser *Schachpartie* wird ihm schlagartig klar. Fred will gewinnen; er ist jemand der nicht verlieren kann, nicht weil er nicht verlieren könnte, sondern weil er es *sich selbst* nicht erlaubt.

Das Beste ist, Anton gibt sich geschlagen. Der Damm seiner Prinzipien *ist* gebrochen und damit hat er verloren.

Schade, dass Rosenstein nicht da ist. Wie gerne würde er seinen Rat hören.

Anton hat sich vollkommen aus dem Geschehen ,*ausgeklinkt'*. Seine Gedanken rasen. War Sissi der Bauer, den Rosenstein meinte? Ist sie zu seiner Dame geworden, die gerade den gegnerischen König Fred geschlagen hat? Ist der gegnerische

König überhaupt geschlagen? Ist die Partie beendet oder geht sie weiter? Was wird mit ihnen passieren? Warum hat Fred plötzlich sein Vorhaben aufgegeben und sie beim Obersten angeklagt?

Wer kann hier Schiedsrichter sein, den Spielausgang in geordnete Bahnen führen und sein Dilemma beenden?

Wie gut sind doch die dran, die keine Prinzipien, kein Gewissen und keine Rücksichtnahme kennen. Einem wie Fred kann sowas nicht passieren. So einer lässt sich nicht so beeinflussen, dass es ihm auf sein seelisches Empfinden schlägt, so dass dadurch sogar körperliche Beschwerden auftreten.

Seine Verzweiflung und seine Panik sind so groß, dass er am liebsten sterben würde. Ihm ist alles egal, mag mit ihm passieren, was will. Aber Dorothee, was geschieht mit ihr?

Ein sehr ungewöhnlicher Gedanke geht ihm durch den Kopf. Ausgerechnet jetzt macht er sich Gedanken über eine Literaturinterpretation nämlich ‚War es das, was Schnitzler mit seiner Traumnovelle bei seinen Lesern hervorrufen wollte? Wollte er ihnen klarmachen, dass sie ihre Lebensweise, ihre Prinzipien, ihre Ehre und ihr Ansehen nicht aufrecht erhalten können, dass ihre Fassade binnen kurzem durch ihre ‚animalische' Seite pulverisiert werden kann?'

Ist er noch der standhafte, treue Ehemann, an dessen Prinzipien nichts und niemand rütteln kann? Wenn

Dorothee „*The Ballad of Lucy Jordan*" hört, hat er innerlich mit dem Kopf geschüttelt. Sie hat doch alles und denkt trotzdem, dass sie etwas Wichtiges nie erlebt, nie gefühlt, dass ihr etwas gefehlt hat.

Ausgerechnet er, der sich innerhalb von wenigen Stunden in Wien zum Besuch dieses unseligen Treffens hat hinreißen lassen. Der bei einer Nackten in ungewöhnlicher Umgebung innerhalb von Minuten seine gesamte Lebensbasis sausen lässt.

Natürlich hat ihn Fred beeinflusst, gezwungen, ja geradezu erpresst, auf seine schlüpfrigen Pfade zu kommen. Trotzdem kommt er, *er selbst!* nicht drum herum, spätestens jetzt den Weg zu finden, mit dessen Konsequenzen er in Zukunft zu leben hat.

Ein fast komplettes Leben hat er stolz damit verbracht, dass er den Weg eines Gerechten gegangen ist. Auf andere, die das seiner Meinung nach nicht taten, hat er mit Arroganz herabgeblickt. Ihm wird klar, dass es bisher leicht für ihn war ‚*ordentlich und regelgerecht und sozial verträglich*' zu leben. Es gab keine Anlässe, bei denen er ernsthaft geprüft wurde. Er hat und hatte also überhaupt keinen Grund so selbstgerecht zu sein.

Ausgerechnet so ein blöder Hund wie Fred muss ihm das bewusst machen. Da wird der Spruch ‚*Jeder ist zu etwas gut und sei es nur als schlechtes Beispiel!*' plötzlich wahr und tiefsinnig.

Wenn er irgendwie aus diesem Schlamassel herauskommt, muss er Frieden mit Dorothee machen, auch wenn sie mit Fred im Bett war, auch wenn's *geprickelt* hat oder mehr. Er sitzt selbst im Glashaus!

Ihm fällt ein, auch er hat seinen ,*Lucy Jordan-Song*', nur ist es mit dem schon länger her. Es gab Zeiten in seiner Ehe, da ging es ihm so, wie ihr wohl jetzt. Da hat er sich Gedanken gemacht, rund um eine italienische Canzone von Vasco Rossi ,*La nostra relazione*' worin es übersetzt in etwa heißt:

Unsere Beziehung

Unsere Beziehung

ist schon was Spezielles

sie besteht nicht mehr wegen der Liebe

und vielleicht noch nicht mal mehr wegen des Sex'

wir beschneiden uns gegenseitig das Leben

und liegen im selben Bett

ein bisschen aus Gewohnheit

oder vielleicht auch ein wenig aus Bosheit ...

... wegen der Langeweile

die wir in uns tragen

es bringt nichts, das abzustreiten!

Der Text an sich wirkt hingeschrieben nur halb so stark, wie er von Vasco Rossi gesungen wirkt. Er singt das nicht, er erleidet es und ihm sprach er damals aus der Seele.

Es gibt sicher keine Partnerschaft, in der nicht mal irgendwann einer oder beide sich diese Fragen stellen.

Sogar Itzhak Rosenstein, wahrscheinlich einer der letzten Weisen auf dieser Welt, gibt zu, dass er und seine Frau Streit hatten. Anton ist sicher, wenn er seine Frau zurückbekäme, würde er froh und glücklich sein, selbst wenn sie in Dauerstreit lebten.

Man zerrt an seinem Arm und zischt seinen Namen. Er weiß nicht wie viel Zeit vergangen ist. Er steht immer noch mit Sissi, Dorothee und Margret im Flur an der Treppe und seine Situation ist nicht aussichtsreicher geworden.

23 Bis zum letzten Moment

Fred ist wieder auf den Beinen und schaut blass vor Zorn in seine Richtung. Auch wenn Anton jetzt zugeben würde, dass er gewonnen hat, wäre er nicht zufrieden. Er ist sicher, dass Fred jetzt für kein vernünftiges Argument mehr zugänglich ist. Er will den Schlusspunkt, der aus seiner Sicht für alle offensichtlich macht, dass er gewonnen hat, ihn und seine Skrupel geknackt hat, Anton moralisch vernichten!

Die anderen wissen nicht, was Fred denkt und noch weniger, dass er nur gewinnen will! Was es ist, was er gewinnen will. Dass es nur daran liegt, dass ihn Menschen, wie Anton ärgern, weil sie an seinem Selbstverständnis rütteln. Fred weiß, dass Kollateralschäden, wie es der Tod eines Menschen wäre, bei den Adamiten keine große Rolle spielen.

Er flüstert mit dem Obersten, der nach jedem Satz von ihm nickt. Zuletzt macht der eine Geste, die zeigt, dass Fred freie Verfügungsgewalt hat, indem er beide Hände nach außen gedreht vor seiner Brust vorstreckt.

Hyde is back!

„Schafft das Bett hier raus, bringt es in die Mitte des Flurs! Legt die Frau mit den rotbraunen Locken rücklings auf's Bett und bindet ihr die Arme und Beine ans Gestell. Den Kerl legt ihr auf sie und achtet darauf, dass er dort bleibt."

Mit der *Frau mit den rotbraunen Locken* meinte er nicht Sissi, er ist so in Rage, dass er für seine Strafe an ihm die eigene Frau zum Werkzeug macht. Und der *Kerl*, von dem er spricht, ist Anton!

„Befestigt ein Seil an der Decke dort hinten!

Bindet die Frau an das Seil und spannt es, dass sie auf den Zehenspitzen steht"

Verdammt, er meint Dorothee und diesmal ist sie an der Stelle, an der vor wenigen Tagen Margret war oder war es doch Sissi? Ihr geschieht nun das, was sie geträumt hat. Sie wird bereits hochgezogen. Auch die Bambusstange wird gebracht, um sie zur Fixierung der gespreizten Beine an ihre Fußgelenke zu binden. Sie hängt da, wie eine menschliche Triangel und dreht sich langsam an dem Seil.

Das ist seine Frau Dorothee, die da hängt! Das darf nicht sein!

Erneut schwappt eine Panikwelle durch seinen Bauch rauf, in und an der Speiseröhre lang, hoch in seine linke Brust. Ist das jetzt wieder *nur* Sodbrennen oder der befreiende Herzinfarkt?

Noch haben sie erst Margret ans Bett gefesselt. Er kann sich frei bewegen. Er schluckt, atmet tief ein und trotz des Schmerzes springt er vor und gibt Fred einen Kopfstoß gegen die bereits verletzte Nase. Er steht kaum wieder, da wird's dunkel für ihn.

-:-

Als er zu sich kommt, liegt er tatsächlich auf der gefesselten Margret und obwohl er nicht will, bekommt er erneut eine Erektion. Sein Glied reckt sich ohne sein Zutun und gegen seinen Willen in den feuchten Schritt von Margret. Er kann sich kaum bewegen. Sie haben ihm die Hände und Füße rechts und links an den Bettrahmen gebunden, sodass er nur den Kopf und seine Hüften bewegen kann.

Er sieht, dass Dorothee schon rote Linien auf dem Rücken hat. An einer davon hängt ein kleiner Blutstropfen.

„Lasst sie und Margret in Ruhe, macht beide los und lasst sie gehen. Haltet euch an mich, ich habe es verdient!", schreit er.

Freds hässliches Lachen ist hinter ihm zu hören. Obwohl er ihn nicht sehen kann, hat er seine fiese Visage vor seinem geistigen Auge.

„So, du hast es also verdient? Sehe ich übrigens genauso. Schön, dass du es endlich einsiehst. Na dann mach mal. Du liegst auf der Startrampe. Schieße einen ab und ihr seid erlöst!"

Die Umstehende raunen. Manchen wird's zu viel. Sie wenden sich ab, gehen die Treppe runter.

Anderen scheint das Wasser im Mund und sonst wo zusammenzulaufen. Die verbliebenen Männer und Frauen sind sichtlich erregt, haben rote Flecken in den Gesichtern, kleine Pupillen, ja manche zappeln sogar ungeduldig. Sie sind kaum noch zu halten. Man hört Stöhnen und die Frauen atmen in lauten, kurzen Stößen.

Fred kommt hinter seinem Rücken hervor. Er schlendert zu Dorothee, dreht sie mit ihrem Gesicht zu Anton, stellt sich hinter sie und drückt sich an sie. Mit der linken Hand, die auf ihrer Scham liegt, drückt er sie fest an sich.

Er schaut vor und streckt die Zunge raus, die er dann über ihren Rücken zieht. Dorothee stöhnt. Als er wieder vorblickt, hat er einen kleinen Blutfleck über der Oberlippe.

Anton will nicht sehen, was er mit Dorothee macht. Er schaut ihr nur ins Gesicht, ihr schönes Gesicht, in das er sich vor vielen Jahren verliebt hat. Er sieht es riesengroß und blickfeldfüllend, als hätte er ein Zoomobjektiv vor den Augen, das ganz in den Telebereich verstellt ist.

Sie hat die Augen geschlossen. Ihre Miene zeigt Angst. Ihre Augenbrauen sind zusammengezogen, die Augen schmal und die äußeren Winkel sind nach unten gezogen. Genau wie die Winkel ihres Mundes, der schmal und zusammengepresst ist.

Es passiert irgendwas, sie entspannt sich ein wenig. Er hört etwas klatschen, fast gleichzeitig zieht sie ihr Gesicht zusammen, als hätte sie Schmerzen. Entspannung, Klatschen, Schmerz, Entspannung, Klatschen, Schmerzen, Entspannung ... Die Peitsche!

Ihr Kopf hängt runter und er sieht nur die Haare und die Stirn. Nun reißt sie ruckartig den Kopf wieder hoch, ihre Augen reißt sie kurz auf. Sie hält die Luft an. Als sie wieder ausatmet, entspannt sich ihr Gesicht erneut. Nun zucken ihre Wangen und ihre Augen werden schmal und weit in einem schneller werdenden Rhythmus. Obwohl er nicht sieht, was passiert, weiß er es. Sein Kopf zeigt ihm Bilder, die er nicht sehen will.

Schließlich nach - für ihn - unendlich langer Zeit, wächst eine Träne in ihrem rechten Auge und läuft langsam ihre Wange herunter. Ihr Gesicht entspannt sich. Es scheint größer, länger zu werden. Das Kinn geht herunter, der Mund öffnet sich weit, geht langsam wieder zu und sie beißt sich auf die Oberlippe. Währenddessen sind ihre Nasenflügel geweitet, gebläht und Ihre Augenbrauen hat sie ganz nach oben gezogen, die geschlossenen Augen sind weit gedehnt. Eyes wide shut! Jetzt versteht er den Filmtitel.

Anton könnte Fred umbringen, aber seinen eigenen Körper auch. Heißt es nicht, dass beim Mann der Sexakt kopfgesteuert ist? Sein Körper jedenfalls schert sich einen Scheissdreck um diese Theorie. Sein Kopf schreit nein und sein Körper hat sich verselbstständigt. Die Spitze seines Glieds ist in Margret. Aber er bewegt sich nicht!

Von unten ist Lärm und lautes Debattieren zu hören. Die Türsteher kommen schnell und hektisch zum zweiten Stock rauf und suchen den Obersten.

Anton schreit! Er hat wieder Schmerzen in der Brust. Diesmal ist es anders. Selbst wenn er jetzt Wasser oder Tabletten bekäme, würde es ihm nicht helfen, das weiß er und auch, dass er gerade an Stress stirbt!

Er nimmt noch wahr, dass draußen ein Gewitter tobt. Es blitzt und donnert. Hagel prasselt herunter und wird vom Sturm mal in die eine, mal in die andere Richtung geblasen. Es wirkt, als würde ein riesiges, weißgewandetes Gespenst durch die Luft fliegen, während es mit einer Neunschwänzigen die alten Fensterscheiben peitscht.

24 Kein Lüftchen regt sich heut

Er hört er lautes Rufen „Herr Ingenieur! Herr Ingenieur Kortner!"

Rosenstein sitzt in seinem Taxi neben ihm und rüttelt ihn wach.

„Herr Ingenieur, wie geht es Ihnen?", er sieht ihn besorgt an.

Wieder so ein Ding, bei dem er klischeemäßig ,Wo bin ich?' ausrufen möchte. Was ist nur mit ihm und Wien los?

„Lieber Herr Rosenstein, mir fehlt die Erinnerung. Können Sie mir helfen? Sagen Sie mir bitte, was gewesen ist, soweit Sie es mitbekommen haben!"

„Erinnern Sie sich noch daran, dass ich Sie zum Narrenturm gefahren hatte?" Er nickt.

„Es kam ein neuer Fahrgast, sonst wäre ich sofort hinter Ihnen her gegangen, weil ich mir große Sorgen gemacht habe. Ihr Zustand, obwohl ich Sie bisher nur so kenne, ist *außergewöhnlich*, ich finde ihn besorgniserregend." ,Außergewöhnlich' sagt er sehr vorsichtig. Stattdessen hat er womöglich ,verrückt' oder ,irrsinnig' sagen wollen.

„Sobald ich konnte, bin ich zurück und zum Narrenturm gegangen. Ich sah die großen Autos und den hell erleuchteten Turm. Irgendwann war

Lärm zu hören, der anscheinend aus einem Fenster im zweiten Stock kam.

Vorsichtshalber blieb ich an meinem Platz. Ich weiß nicht, was passiert ist, aber wie auf einen Schlag eilten alle möglichen Leute aus dem Gebäude. Schließlich gingen dort alle Lichter aus und der Narrenturm sah aus wie immer um diese Zeit.

Als alle Leute und Autos weg waren, fand ich Sie auf der Wiese liegen. Es war, als würden Sie schlafen, aber Sie waren nicht wach zu bekommen. Sie schlugen sogar um sich. Drum hab ich Sie ins Taxi geschleppt und gewartet, dass ein Lebenszeichen von Ihnen kommt. Zu guter Letzt waren Sie extrem unruhig und stießen sogar einen Schrei aus.

Ehrlich gesagt, will ich gar nicht wissen, was war und bin heilfroh, Sie in einigermaßen passablem Zustand hier zu haben.

Wollen wir losfahren?"

„Losfahren? Wohin?" Anton wird schlagartig klar, dass er vollkommen alleine ist. Wo wird Dorothee sein? Ist ihr etwas passiert? Werden wir miteinander reden können? Wie? Ihm fällt ein, dass er festgestellt hat, dass jeder Streit besser ist, als alle unausgesprochenen Animositäten, Vorbehalte, kalte Wut oder gar als den eigenen Partner zu verlieren.

Mit dieser Erkenntnis kehrt Ruhe bei ihm ein.

„Fahren wir los! Ins Hotel!"

Wien hat einen blankgeputzten Himmel in tiefem Blau. Die Luft ist klar, fast wie im Frühling. Ihm fällt plötzlich ein Vers aus einem Gedicht ein, dass er mit ungefähr elf, zwölf Jahren gelernt hatte. In den Strophen vor dem, was gleich folgt, wurde klar, dass ein Kurier des Königs, der bei einem Unwetter Schutz und Bett in einem Schloss gesucht hat, schon früher dort war und eine Hugenottin dort gefoltert hat, indem er ihre Füße ins Feuer hielt. Er wollte wissen, wo ihr Mann ist. Die Frau starb und ihr Mann hat ihn als ihren Mörder erkannt, ihm aber trotzdem Unterkunft gewährt. Am nächsten Morgen, der Sturm hat sich gelegt, begleitet ihn der Gastgeber ein Stück des Weges:

„Sie reiten durch den Wald. Kein Lüftchen regt sich heut.
Zersplittert liegen Ästetrümmer quer im Pfad,
Die frühsten Vöglein zwitschern, halb im Traume noch.
Friedselge Wolken schwimmen durch die klare Luft,
Als kehrten Engel heim von einer nächtgen Wacht.
Die dunkeln Schollen atmen kräftgen Erdgeruch,
Die Ebne öffnet sich. Im Felde geht ein Pflug ...
aus „Die Füße im Feuer" von Conrad Ferdinand Meyer

Diese Zeilen drücken wunderbar die Stimmung aus, die er nun fühlt, hier an diesem Morgen in Wien auf dem Weg vom Narrenturm zum Hotel.

Der Rest des Gedichts ist nur noch in Bruchstücken in seinem Kopf. Er beschließt es nach den vielen Jahren zu lesen, sobald er Ruhe hat.

Es muss fast acht Uhr sein, als er endlich ins Hotel geht. Der Nachtportier erkennt ihn und begrüßt ihn freudig.

„Herr Ingenieur, haben's an Moment? Ich hab noch eine neue Übersetzung gemacht. Die reimt sich jetzt:

I ste am Ufa. Dortn schaut's aus,
daß's aan g'sunden Mönschen graust.
I hoid in meina Hand
Kerndln vom goidanen Sand.
Net vü, oba se rinnen ma scho
durch meine Finga davo.
Rean muaß i, denkn oiweu:
Bleibatn's ma no a weu,
gengatn's ma net baheu.
Kan i net aanes bewoan?
voa dem elendign Schmoan?
Is ollas, wia's so kam -
nura Draam in am Draam?

Die letzte Zeile hört Anton, als er im Lift steht. Sie geht ihm nicht aus dem Kopf. Er applaudiert dem Nachtportier, dann fährt er hoch.

Im Zimmer ist alles so, wie es sein soll, als wäre nichts passiert. Er zieht sich aus, legt sich ins Bett und schläft fast augenblicklich ein.

-:-

Als er vom Föhn im Badezimmer wach wird, steht schon ein Frühstück mit dampfendem Kaffee auf dem Tisch. Der Föhn geht aus und eine strahlende Dorothee kommt ins Zimmer.

„Guten Morgen, mein Schatz!", sagt sie.

Er reibt sich verwundert die Augen. Wie kann es sein, dass sie so ruhig, fröhlich und gelassen ist nach all dem?

„Du, ich habe mal wieder was zusammen geträumt. Wenn ich dir das erzähle, reichst du die Scheidung ein.", sagt sie, als würde sie es ihm sehr gerne erzählen wollen, aber sich nicht trauen.

Ihm geht durch den Kopf, wie sie ihn mit ihrem ersten Traum getroffen hat.

„Bitte, lass uns erst frühstücken und dann werden wir sehen, ob ich ... Oder nein! Erzähl' mir deinen Traum erst, wenn wir wieder zu Hause sind. Ich hatte eine schlimme Nacht ... wie du weißt!"

Wie eine Auster! So ist ihre Reaktion. Die Klappe schließt sich und sie sieht ihn fragend und verschlossen an. Trotzig sagt sie noch:

„Versprechen wir uns eins, wir werden uns alles erzählen! Von jetzt an werden wir uns immer alles sagen, sei es auch noch so schlimm!"

„Das verspreche ich dir, aber nimm' es mir nicht übel. Ich werde dir von allen Erlebnissen dieser Nacht und der Nächte davor berichten, aber wenn ich das jetzt tue und du mir deinen Traum erzählst, bin ich sicher, dass wir den Sonntag mit uns, Margret und Fred nicht mehr störungsfrei über die Bühne bringen." ,... *falls die überhaupt noch da sind, mit mir was zu tun haben wollen oder was nach dieser Nacht auch immer sonst noch sein kann'*, ergänzt er in Gedanken.

,*Wenn man vom Teufel ...'*. Das Handy klingelt und Fred ist dran. Bestens gelaunt und wie immer sehr aktiv.

„Was hat die Reiseleitung heute im Programm?", kommt von ihm, als hätte es die Ereignisse der letzten Nacht nicht gegeben. Anton ist von den Socken und zweifelt an sich und seinem Verstand. Also weitermachen, mitspielen!

„Seid ihr eigentlich religiös?", fragt er.

„Och, nicht noch das! Nur Kultur, Tiefsinn, Kunst und nun auch noch Religion! Was schwebt dir vor?"

„Egal, ob ihr treue Christen seid oder nicht. Die Kirche am Limoniberg müsst ihr sehen und auch die Anlage drum herum."

„Eine Kirche? Du bist bekloppt, Anton! Was soll das denn?" Man hört im Hintergrund Margret, die Fred in die Parade fährt „... lass ihn, bisher war alles interessant ...", hört er ein Bruchstück davon.

Also sie hat auch nichts gegen ihn heute Morgen. Träumt er? Ja oder hat er geträumt? Wenn das so weiter geht, muss er in Behandlung.

„Es ist ein schöner Sonntagmorgenspaziergang und ein paar Minuten sich eine Kirche ansehen ... schaffst du schon!!"

Fred lenkt ein. Sie verabreden sich in der Halle in fünfundvierzig Minuten.

„Sag mal, was ist mit dir? Du schaust immer so irritiert in die Gegend. Auch dein Ausweichen gerade eben ... Seit wir in Wien sind, geht irgendwas Besonderes in dir vor." Dorothee schaut ihn forschend an.

Da hat sie Recht und hoffentlich ist es nach Wien wieder anders.

Sie frühstücken zu Ende, die Rühreier sind schon kalt. Er duscht und prüft verstohlen seine Hose von letzter Nacht auf Schmutz oder Flecken. Sie sieht tadellos aus, müsste eventuell mal gebügelt werden.

Vielleicht sollte er mal Herrn Rosenstein anrufen, sobald er allein ist. Seine Nummer hat er im Kopf.

25 Heilende Wirkung

Sie fahren mit der U4 bis Hietzing und nehmen da den Bus 51A zum Ottakringer Bad. Von der Endstation ist es nicht weit, zum Gelände des „Landessanatoriums Steinhof". Nach dem Narrenturm wieder eine Anlage, wo in Wien die geistig Behinderten, seelisch und psychisch Kranken untergebracht waren und behandelt wurden.

Es geht ein Weg rauf, an dem links, einen Hang runter Häuser aus dem Fin de siècle liegen. Immer wenn er hier lang geht, fühlt er sich gewissermaßen wie in einer Zeitmaschine. Er meint zu sehen, wie dort ein geschäftiges Treiben zwischen den Häusern in der großen, parkähnlich angelegten Anlage herrscht.

Behinderte zu Fuß und in antiken Rollstühlen mit schiebenden Pflegern oder Verwandten kreuzen eilig den Weg, mit fliegenden Rockschößen gehende Professoren und Ärzte, die in ihren weißen, taillierten Kitteln mit Rückenfalten und Riegel zur nächsten Visite unterwegs zu sein scheinen.

Insbesondere diese Ärzte sind es, die das Bild für ihn bestimmen. er sieht sie mit Frisuren, Bärten und Schnauzern, wie sie zum Ausgang des neunzehnten Jahrhunderts üblich waren. Ihre steifen Hemdkragen scheinen sie davon abzuhalten, den

Kopf zu beugen. Sehr seriöse Anzüge mit Gilet, Chatelaine und Uhr daran tragen sie unter den offenen Kitteln.

Heute Morgen drängen alle auf den Wegen in dieselbe Richtung wie unsere kleine Gruppe.

Sie stehen unten vor dem Hang, auf dem die Kirche ist. Sogar Fred ist beeindruckt und pfeift bewundernd durch die Zähne.

„Donnerwetter! Was für eine Kuppel. Das ist also die Kirche am Limoniberg?"

„Ja, eigentlich die Kirche des Heiligen Leopold, die Otto Wagner-Kirche beziehungsweise die Kirche am Steinhof, wie diese Anlage offiziell heißt. Den Limoniberg hat der Volksmund erfunden, weil im Sonnenlicht die Kuppel wie eine riesige Zitronenhälfte schimmert, Limoni wie Zitrone. Man sieht sie dann sogar vom Lainzer Tiergarten aus."

Sie gehen nun die linke Treppe rauf und auch die beiden Säulen links mit dem Hl. Leopold und rechts mit dem Prediger Severin als Statuen entlocken Fred und Margret bewundernde Laute.

Der Platz vorm Eingang ist voll. Viele Menschen sind versammelt.

Sie gehen rein und werden am Eingang abgefangen.

„Wenn Sie sich die Kirche nur anschauen wollen, kommen Sie besser in anderthalb Stunden wieder. Hier beginnt in einer Viertelstunde die Heilige Messe."

„Eine Viertelstunde wird uns sicher reichen. Wir werden raus sein, ohne zu stören.", sagt Fred ausgesprochen zurückgenommen und höflich.

Drinnen passiert den beiden offensichtlich dasselbe, was Dorothee und ihm immer passiert: Sie strahlen und haben einen glücklichen Ausdruck auf ihren Gesichtern. Diese wunderbar helle Kirche hat eine rätselhaft beruhigende und beglückende Wirkung.

Vorsichtig gehen sie herum, betrachten die schönen Fenster, die Kuppeln über Kanzel und Altar. Ja, sogar die Lampen sehen sich Margret und Fred mit ehrfürchtigem Staunen von Nahem an.

Otto Wagner, der Schöpfer dieses Bauwerks hat wirklich erreicht, was er beabsichtigte. Die aggressivsten, fehlgeleitetsten Geschöpfe finden hier innere Ruhe.

Zu Antons Erstaunen setzt sich Fred in eine der Bankreihen und Margret setzt sich dazu. Sie folgen ihnen und schauen sie fragend an.

„Lass' uns bleiben, auch während der Messe! Wir haben doch die Zeit oder?", fragt nun Margret.

„Auf jeden Fall und ich freue mich, dass ich mal während eines Gottesdienstes hier bin", antwortet Anton mit leiser Stimme.

Die Kirche füllt sich. Noch im Vorraum hört man teils sehr unkontrollierte, laute Schreie und unverständliche Rufe, wie sie bei manchen der Patienten üblich sind. Pfleger schieben Rollstühle herein, die sie neben den Bankreihen abstellen und gegen Bewegung verriegeln. Alle Rufe und Laute verstummen, nachdem sich die Gottesdienstbesucher vom Vorraum ins Kirchenschiff begeben haben. Auf alle wirkt der Raum gleichartig.

Die Messe geht vorbei wie im Fluge. Auch Anton bekommt endlich einen ruhigen, entspannten Gemütszustand. Wieder fällt ihm Conrad Ferdinand Meyer ein, als sie rausgehen:

„Die frühsten Vöglein zwitschern, halb im Traume noch.

Friedselge Wolken schwimmen durch die klare Luft,

Als kehrten Engel heim von einer nächtgen Wacht."

-:-

„Mann, das war ein Ding!", sagt Fred. Margret fällt ihm um den Hals und gibt ihm einen schmatzenden Kuss auf die Wange.

Ruhig, lächelnd und schweigend gehen sie wieder zurück Richtung Ottakring. Kommen am kleinen Observatorium vorbei und durchqueren den Friedhof. Anton traut sich was und lenkt ihre Schritte Richtung „Zur blauen Nos'n", das ist ein Heuriger der ganz deftigen Art, jedenfalls innen.

Ihn wundert, dass er heute an einem Sonntag im November geöffnet ist.

Die wirklich beleibte Wirtin kommt schnell zu ihnen und nimmt die Bestellung auf.

„Das ist euch sicher zu deftig oder? Lasst uns was trinken und dann schauen wir, ob wir hier was essen oder zum ‚Grünspan‘ oder zur ‚10er Marie‘ gehen. In Ordnung?" fragt er ganz vorsichtig.

„Nee, nee, ist schon in Ordnung, langsam verstehe ich, was du meinst, wenn du dich auf solche *Etablissements* einlässt." Fred ist nicht wiederzuerkennen, jetzt ganz *Dr. Jekyll*. Nächstes Mal macht er's besser, nimmt sich Anton vor: Er wird gleich zu Anfang mit seinen schweren Fällen direkt zur Kirche am Steinhof gehen und danach geht's weiter durch Wien.

Sie haben abends noch den Opernbesuch und beschließen einfach hier zu bleiben, etwas Kleines zu essen und dann wieder in die Innenstadt zu fahren.

Heute, an ihrem letzten Tag gelingt es ihnen endlich, ohne Vorbehalte miteinander zu reden und sie verstehen sich prächtig.

Sie reden über Gott und die Welt. Fred hat sein großspuriges Gehabe eingestellt, Margret lobt Anton dauernd wegen seiner guten Vorschläge und

Dorothee scheint zu verstehen, weshalb er ihre *Berichte* erstmal nach hinten gestellt hat.

Es ist schon früher Nachmittag, als sie den Berg runter zur Straßenbahnhaltestelle gehen. Vor gefühlt langer Zeit, war er hier mal nachts mit zerrissener und verschmutzter Hose.

Ohne dass es die anderen merken, schaut er nach der Erdbrustgasse Nummer 21. Das ist die Adresse von Herrn Rosenstein. Doch da, wo sie sein müsste, ist ein leeres Grundstück und die Rückseite eines großen Komplexes in der Parallelstraße ist zu sehen. Beim Weitergehen stellt sich heraus, dass es sich um ein Altenheim oder Pensionistenhaus, wie man hier sagt, handelt, das relativ neu ist.

Unter dem Vorwand, dass er mal auf die Toilette muss, geht er in das Gebäude rein. Er fragt, ob es hier einen Herrn Itzhak Rosenstein gibt. Die freundliche Dame an der Rezeption schaut nach und verneint.

Als er sie fragt, wo denn die Erdbrustgasse 21 sei, überlegt sie lange. „An unserer Rückseite gab's mal ein Haus, aber das und die anderen alten Häuser wurden vor vielen Jahren zugunsten des Altenheims abgerissen. Das war lange, bevor dies Haus gebaut wurde. Wer soll denn da wohnen?", fragt sie nun neugierig.

Er geht nicht auf ihre Frage ein, bedankt sich und geht. Jetzt ist er wirklich verrückt. Er sieht sie vor sich, die Karte von Herrn Rosenstein *,Itzhak Rosenstein, Erdbrustgasse 21, 1160 Wien'* mit seiner Mobiltelefonnummer. Wo hat er sie nur?

Dorothee nimmt ihn beiseite: „Was ist los mit dir? Hast du ein Gespenst gesehen?"

„Ich wollte wohl eins sehen, aber es ist nicht da!", gibt er ihr eine kryptische Antwort. Sie schüttelt den Kopf und dringt nicht weiter in ihn .

Bald kommt die Straßenbahn und sie fahren zur Innenstadt, am Haus Josefstädter Straße 57 vorbei mit der Aufschrift *,Scheinwerfer-Verleih Saturn'* und Sissis und Mizzis Wohnung oder auch nicht?

Sissi, was mag mit Sissi sein? Sie hatte Recht, sie haben sich nochmal gesehen und wieder aus den Augen verloren. Wien gibt ihm Rätsel auf!

26 Così Fan Tutte

Anders als in Dortmund, gehen Wiener und Wienerinnen sehr elegant gekleidet in Oper und Theater. Jeans sieht man nur bei wenigen jungen Leuten, die sich für günstige Stehplatzkarten stundenlang vorher in der Kälte anstellen.

Fred und Margret schauen fantastisch aus. Anton sieht Dorothee mit ganz anderen Augen als früher. Das liegt zum einen an ihrem neuen Kleid und zum anderen an den Erlebnissen der letzten Nacht und an seinem daraus resultierenden Zustand.

Ihre Plätze sind sehr gut. Er hofft, dass er noch Belinda trifft, um ihr dafür zu danken. Dorothee und er haben hier mal „La Clemenza Di Tito" gehört und saßen oben auf dem Balkon. Eng war's und heiß. Hier unten lässt sich's gut aushalten.

Das Licht wird dunkler. Der Dirigent kommt. Es gibt Applaus und die Ouvertüre zu „Così Fan Tutte" erklingt.

Bei ihrem ersten Besuch hier waren sie etwas enttäuscht. Im Opernhaus Dortmund sind sie es gewohnt, dass nicht nur gut gesungen und musiziert wird, sondern auch, dass die Akteure auf der Bühne gut spielen, ihre Rolle auch durch Mimik, Gestik und Bewegungen ausfüllen. Bei der Inszenierung von „La Clemenza ...", die sie gesehen hatten, war es leider nicht so.

Diesmal sind zwei Akteurinnen dabei, die das alles aus ihrer früheren Inszenierung in Dortmund mitbringen und meisterlich beherrschen, nämlich Heléne Noiret als Fiordiligi und Andrea Mazilescu als Dorabella.

Sein Italienisch reicht nur bedingt, um dem gesungenen Altitalienisch von Lorenzo Da Ponte folgen zu können, er weiß aber schon, was gerade auf der Bühne passiert. Mehr und mehr kommt es ihm in den Kopf, wie gut doch gerade diese Oper mit Da Pontes Libretto zu ihrer gemeinsamen Wienreise passt. Der Wechsel der Partner untereinander. Festzustellen, dass der eigene Partner beziehungsweise die eigene Partnerin dabei mitmacht, was man nie für möglich gehalten hätte. Es ist gewissermaßen eine „Swinger-Oper".

In der Pause kommt Belinda Karan zu ihnen mit einem Tablett, auf dem fünf Gläser Sekt stehen.

Anton nimmt es ihr ab und gibt es Fred, um sie kräftig in den Arm zu nehmen und ihr Küsschen auf die Wangen zu geben.

„Liebe Belinda, ich danke dir von ganzem Herzen. Was du alles für mich und uns getan hast. Vielen, vielen Dank!"

Belinda räuspert sich und schaut verlegen von einem zum anderen.

„Oh ... Herr Kortner, sehr erfreut, Sie einmal persönlich kennenzulernen ... ja ...", antwortet sie zögerlich und sehr formell.

‚Verdammt! Warum sagt sie nicht *Du* und *Anton*? Und warum freut sie sich *ihn persönlich kennenzulernen*. Das haben sie doch schon hinter sich? Sie war scheint's in einem Ausnahmezustand als sie sich nachts getroffen haben.'

Wenn's ihr lieber ist ... sind sie eben wieder beim *Sie*!

„Wie geht's denn Ireen und Herrn Mischitelli? Konnten Sie das kleine Problem aus der Welt schaffen?"

„Woher wissen Sie von einem Problem mit den beiden? Aber ja, es ist alles geklärt. Ireen ist in einer anderen Ballett-Compagnie engagiert und hat uns verlassen und Herr Mischitelli ist der Ferrando heute, aber das wissen Sie sicher."

„Ja, schöne Stimme. Aber was sagen Sie zu Ihren Gaststars Noiret und Mazilescu? Sind die nicht toll?"

„Ja, stimmt, sie hatten mir den Tipp gegeben und es hat sich gelohnt. Es hat mir viele Pluspunkte eingebracht, dass ich die zwei hier ins Gespräch gebracht habe. Die Noiret hat Weltklasse und Frau Mazilescu, sie ist ja noch jung, wird auch ihren Weg machen, meinen alle, sogar die Kritiker."

Fred steht immer noch mit dem Tablett und den gefüllten Sektgläsern da.

„Auch von uns vielen Dank, Frau Karan. Wunderbare Plätze und eine wunderbare Aufführung. ‚Così Fan Tutte' ist dazu noch eine besonders schöne Oper, finde ich!", sagt er brav.

„Ja, und sie passt so richtig gut zu unserem Wien-Besuch!", tappt Anton erneut in den Fettnapf.

„Besonders das, was Alfonso nach dem Partnertausch in seiner Arie singt:

Alles schilt auf die Weiber, doch ich verzeihe,
Wenn sie auch zehnmal täglich sich verlieben;
Und man nenn' es nicht Laster, auch nicht Gewohnheit,
Nein, sie folgen nur dem Zwang ihres Herzens.
Und darum, wer am Ende sich betrogen sieht,
Geb' andern nicht schuld, nein, nur sich selber,
Sei's bei Hässlichen, Schönen, Jungen und Alten:
Darum stimmt mit uns ein: So machen's doch alle!

und was alle anderen auf der Bühne ihm mit einem entschiedenen ‚Così fan tutte' - *‚So machen's doch alle!'* bestätigen, passt genau."

Dorothee wird rot. Belinda Karan räuspert sich erneut, Margret schaut zu Boden und Fred grinst.

‚Was haben die, stimmt doch oder?' denkt Anton.

„Wir sollten den Sekt trinken, sie läuten gerade zum zweiten Mal!", führt Belinda uns auf festen Boden zurück.

-:-

Wieder auf unseren Plätzen zischt Dorothee ihn an: „Sag mal, was sollte das denn? Was muss Frau Karan von uns denken? Warum hast du sie erst so überschwänglich begrüßt und gegen ihren Willen geduzt?"

„Ich erzähl' dir alles, wie versprochen!", bekommt er nur stotternd raus. Gott sei Dank kommt der Dirigent.

27 Abschied

Es war die erste Nacht, in der er tief durchgeschlafen hat. Nach der Oper haben sie in offenen Mänteln über Smoking und Abendkleid an einem Würschtel-Stand gehalten und jeder eine *Eitrige* samt *16er Blechl,* also eine Käsekrainer-Wurst und ein Ottakringer (16. Bezirk) Bier aus der Dose zu sich genommen. Sind zu viert durchs nächtliche Wien gestreift und haben sich dann ins Hotel begeben.

In der Suite von Fred und Margret besprachen sie den folgenden Tag, was es noch zu sehen gibt und wo sie zu Mittag essen werden.

-:-

Heute Morgen gehen Dorothee und Anton runter, um zu frühstücken. Fred und Margret kommen etwas später, als sie schon Rührei gegessen und die erste Melange getrunken haben.

„Und, habt ihr euch überlegt, ob ihr euch den Zentralfriedhof anschauen wollt?"

„Ich glaube, den muss man gesehen haben, wenn man in Wien war. Margret will sowieso dorthin und deine Auswahl hat mich bisher immer angenehm überrascht. Wir sind dabei!"

„Das passt gut, denn wenn wir da etwas schauen und spazieren gehen, können wir wie gesagt gegenüber im ‚Concordia-Schlössl' essen gehen.

Das ist das ehemalige Kontor des k&k Hofsteinmetzunternehmens Sommer & Weniger, das sich auf die Herstellung monumentaler Steinfiguren spezialisiert hatte. Die waren wohl sehr erfolgreich und das Gebäude wurde zu einem kleinen Schlösschen ausgebaut, das jetzt ein Lokal ist, in dem es Schnitzel besonderer Art gibt. Friedhof und Concordia-Schlössl liegen am Weg zum Flughafen."

„Was machen wir denn, bis wir zum Friedhof fahren? Den ganzen Morgen dort zu verbringen, ist glaube ich zu lange oder?" Dorothee hatte ihn schon gespickt, weil sie gerne noch ein Ziel angesteuert hätte.

Das war also sein Stichwort: „Wir könnten ein wenig durchs *Dorotheum* streifen und schauen, was sie dort zum Kauf anbieten. Es ist nicht nur der Name Dorotheum, der Dorothee dort gerne hingehen lässt." Was für ein Wortspiel!

„Was gibt's denn da zu kaufen?" Margret wittert erneutes Shopping.

„Ach, olles Zeug, Second-Hand-Klamotten gewissermaßen. Ihr werdet schon sehen." Sie grinsen sich wie Verschwörer an, Dorothee und Anton.

-:-

Schon als sie vor der Tür stehen, schaut Fred ihn erstaunt an. „,Second-Hand-Klamotten gewissermaßen'. Ich verstehe!"

„Das ist ein riesiges Pfandhaus, das in diesem alten Palais liegt, dem früheren Dorotheerkloster, daher der Name. Falls du mal klamm sein solltest, kannst du hier deine Rolex taxieren lassen und bekommst Geld dafür. Wenn du sie nicht auslöst, wird sie auf einer Versteigerung angeboten und verkauft." Da wo es die Herren-Armbanduhren gibt, schaut Anton sehr gerne. Drum war ihm Dorothees Wunsch sehr angenehm. Übrigens war dort eine goldene Gruen in der Vitrine, so ähnlich, wie er sie auf dem Naschmarkt gesehen hatte. Rufpreis 1.100,- Euro. ,Ärgerlich! aber womöglich war die Gruen auf dem Trödel gefälscht?' tröstet er sich .

Margret und Fred staunen nicht schlecht. Es gibt tolle Antiquitäten, Schmuck, Teppiche, Gemälde, Skulpturen in riesigen, hohen Räumen auf mehreren Stockwerken.

Sie sind früh dran, als sie das Haus verlassen; noch zu früh für den Zentralfriedhof.

-:-

„Habt ihr Appetit auf ein paar kleine Häppchen? Dann gehen wir Brötchenessen zu *Trzesniewski*, das wird euch gefallen!"

„Und was ist das nun wieder?", will Fred wissen.

„Gewissermaßen Fastfood seit 1902!", sagt Anton und hat auf seinem Smartphone schon deren Website aufgerufen:

,1902 wurde das erste „Trzesniewski" vom gebürtigen Krakauer Franciszek Trzesniewski am Tiefen Graben in Wien gegründet. Kurz darauf übersiedelte das Feinkostgeschäft in die Dorotheergasse 1, dessen traditionsreiche Räumlichkeiten sich bis heute großer Beliebtheit erfreuen.

Seine praktische Ader war nur einer der vielen Gründe, warum Franciszek Trzesniewskis Brötchen so erfolgreich wurden: Schon von Beginn an zerkleinerte er die Beläge zu Aufstrichen und ermöglicht so einen unfallfreien und einfachen Verzehr. In den 20er-Jahren hatte Herr Trzesniewski eine weitere hervorragende Idee: Er zerteilte seine Brote in kleine Portionen. Damit wurde das Handling noch einfacher – ganz ohne Besteck, ohne Teller, einfach zum Abbeißen. Ganz traditionell, ohne angeberische Verzierungen und Firlefanz - reduziert auf pure Qualität und Geschmack.'

(Originaltext von der Website)

Sie gehen also die Dorotheergasse rauf fast bis zum Graben und sind gerade am Café Hawelka vorbei. Es kommt ihm vor, als wäre es Monate her, dass er hier nachts gesessen und Jerzy und Jana getroffen hat. Hat er sie überhaupt getroffen? Trzesniewski liegt gegenüber. Das Lokal sieht so wie immer aus. So als wäre es zu.

Die Front ist wenig einladend, wirkt insgesamt einheitlich grau; so auch die Milchglastüren mit schweren Eisenrahmen, -beschlägen und Türgriffen im Art Decó-Stil, womöglich unverändert seit der Eröffnung?

Wenn man nicht wüsste, was es dort gibt, würde man nicht reingehen. Ja und wenn man zum ersten Mal drin ist, will man eigentlich sofort wieder raus. Auch innen ist alles grau und dunkel, wenig einladend. Doch wenn man dann in die Vitrinen auf der Theke sieht ...

Am geschicktesten geht man durch die rechte Tür rein, es gibt zwei Eingänge, holt sich ganz rechts hinten ein Getränk, zum Beispiel einen Pfiff Bier, das ist ein kleiner Seidel von 1/8 l für 1,00 €, genau wie die Brothäppchen, die in der Vitrinentheke zu wählen sind. Freundliche Damen hinter der Theke, ausstaffiert wie richtige Kaltmamsells, haben ein Ohr für den Wunsch der Gäste und geben denen die *Brötchen* ihrer Wahl. An der Kasse wird alles gezählt, woraus sich der Preis ergibt, nämlich Anzahl mal 1,00 Euro.

Es sind keine Brötchen im eigentlichen Sinne sondern gleichgroße Graubrotscheiben ohne Kruste. Sie liegen auf Kuchenblechen und sind mit unterschiedlichen, leckeren Pasten bestrichen. Es gibt an die fünfundzwanzig bis dreißig verschiedene Brotaufstriche: Linsen mit Speck, Matjes mit Zwiebel, Krabbe mit Ei oder Thunfisch mit Ei und über zwanzig andere mehr.

Die zu Pasten zerkleinerten Zutaten sind nicht vermengt, sondern werden jeweils gesondert mit der Spritztüte auf das Brot gebracht, wodurch sie wie kleine Mosaikfliesen wirken. Am liebsten würde man von jeder Sorte eines nehmen.

Es ist eng am kleinen Stehtisch und sie müssen sich fast absprechen, wann einer zugreifen oder den Arm heben kann, um zu essen.

„Als wir alleine unterwegs waren, sind wir durch diese Gasse gegangen. Wir wären aber nie auf die Idee gekommen, hier reinzugehen. Hm, ist das lecker, *Krabbe mit Ei* müsst ihr probieren." Margret spricht mit vollem Mund und hat was vom Aufstrich in den Mundwinkeln. „Klasse Idee, hierhin zu gehen!"

Es wird Zeit, Richtung Zentralfriedhof zu starten. Sie gehen eine Abschiedsrunde über Graben und Kärntner Straße zurück zum Hotel. Man hat ihnen schon das Gepäck in Freds Leihwagen gelegt. Das Bristol war wirklich ein schönes und angenehmes Hotel. Anton wird der Nachtportier fehlen. Zu Hause wird er E. A. Poe lesen und Alan Parsons Konzeptalbum dazu hören.

-:-

Sie fahren den Rennweg und die Simmeringer Hauptstraße immer geradeaus zum südöstlichen Rand von Wien. Am ersten Tor bittet er Fred, den Wagen zu parken.

Sie gehen über den Alten Jüdischen Friedhof. Dort sind kleine Gebäude auf den Grabflächen erbaut, die mittlerweile fast in Efeu versinken. Manche stehen schief, weil sie von Baumwurzel hochgedrückt werden oder der Untergrund eingebrochen ist.

Hier liegt die gesamte jüdische Wiener Prominenz. Wohlhabende jüdische Familien mit Rechtsanwälten, Wissenschaftlern, Ärzten und Künstlern haben hier ihren letzten Platz. Zum Beispiel Arthur Schnitzler, der Autor der ‚Traumnovelle' liegt hier begraben, sein Grab gehört mittlerweile zu den Ehrengräbern, die der Wiener Magistrat in Ordnung hält und pflegen lässt.

Arthur Schnitzler

25. Mai 1862 21. Oktober 1931

steht auf dem Grabstein.

Auf vielen Grabsteinen liegen Ansammlungen von Steinen und Kieseln. Die legt man als Besucher dorthin. Es heißt, der Brauch stamme daher, dass früher jüdische Nomaden ihre Toten in der Wüste begraben und sie mit Steinen vor den Tieren und dem Wind geschützt haben. Jedes Mal, wenn man wieder herkommt, erneuert man fehlende Steine, um den Schutz aufrechtzuerhalten. Ob diese Deutung stimmt, ist ungewiss.

Sie schauen lange; keiner von ihnen drängelt zu gehen. Doch Anton schlägt vor, außen rum, an der Straße lang zum zweiten Tor zu laufen, um den eigentlichen Haupteingang zu sehen.

Er kennt niemanden, der nicht von der Anlage beeindruckt ist. Der große, halbrunde Platz direkt hinter dem Tor, die Karl-Borromäus-Kirche und die prachtvollen Gräber, wo nun wieder die übrigen gestorbenen Wiener Prominenten Grabstätten haben. Ab dort fährt sogar ein Linienbus einen Rundweg über den gesamten Friedhof, bei den Entfernungen sehr angebracht.

Unter den prominent liegenden Gräbern gibt es einen ‚Realitätenhändler‘ *Was sind Realitäten? Wie handelt man mit denen? Wenn er einen Realitätenhändler träfe, könnte der ihm vielleicht helfen zu entscheiden, was in den letzten Tagen Realitäten waren und was nicht? Gab's oder gibt's in Wien auch Irrealitäten- oder Traumhändler?'*

Doch er weiß genau, dass es sich um Immobilien handelte, wenn man damals in Wien von Realitäten sprach.

Dann das Grab des Bildhauers Hrdlicka dessen von ihm selbst geschaffenen Grabstein den sitzenden Tod als Skelett zeigt mit einer nackten Frau auf dem Schoß, offensichtlich bei der Vereinigung *(es soll Hrdlickas Frau Barbara sein, die vor ihm gestorben ist und in dem Grab liegt, wird interpretiert. „Du hast mich verlassen und mit dem Tod betrogen!")* und es gibt auch Grabsteine berühmter Musiker und Komponisten Beethoven, Mozart, Schubert und andere.

Mozart wurde auf dem St. Marxer Friedhof beigesetzt, wo genau ist nicht bekannt. Auf dem Zentralfriedhof wurde zum Gedenken ein großes Ehrengrab für Mozart ohne seine Überreste erbaut.

Beethoven wurde erst in der Nähe seines Wohnbezirks auf dem Währinger Friedhof beigesetzt. Später hat man seine Überreste auf den Zentralfriedhof verlegt. Auch Schubert liegt auf dem Währinger Friedhof, bekam aber ein *leeres* Ehrengrab auf dem Zentralfriedhof. Der Währinger Ostfriedhof heißt jetzt ,Schubertpark'.

Das alles erklärt Anton seiner kleinen Reisegruppe und auch das, was sie heute sehen und hören, beeindruckt Margret und Fred sichtlich.

Sie fahren immer wieder ein Stück mit dem Bus, steigen sporadisch aus, zufällig, ohne Plan und schauen sich die umliegenden Bereiche an. An einer Stelle liest ich auf einem Grabstein:

Elisabeth Kolesariç

25. Februar 1981 • 15. Juli 1997

Ihm wird flau. ,*Sissi ist mit sechzehn! vor neun-zehn Jahren gestorben? Meine Sissi hätte auch 1981 geboren sein können, dann wäre sie jetzt sechsunddrei-ßig. Das muss ein Zufall sein. In Wien gibt's viele Eli-sabeths und warum nicht noch eine zweite mit Nach-namen Kolesariç. Kolesariç gibt's sicher viele, ist ein k&k Wienername wie er im Buche steht oder?'* ver-sucht er sich einzureden, um seine Fassung zu-rückzugewinnen.

Dorothee fragt flüsternd: „Was ist los, Anton? Warum bist du so blass?" „Ach nichts! Es geht schon!", antwortet er.

Als er erneut zu dem Grabstein schaut, steht da nichts mehr, der Grabstein ist leer und verwittert!

Die Uhr rettet ihn. Es ist schon fast eins und er schlägt vor, nun zum ersten Tor zu fahren, um zum Concordia Schlössl zu gehen, in dem sie einen Tisch reserviert haben.

-:-

Sie überqueren die Simmeringer Hauptstraße an der Fußgängerampel. Der Zugang vom Schlössl liegt einige Stufen hoch und ein kleines Törchen aus Eisenstäben muss geöffnet werden; es quietscht ein wenig. Sie kommen in den großen Gastgarten, der mit hellen Schottersteinchen aus-gelegt ist. Im Sommer ist es sehr schön hier draußen. Überall stehen dann die typischen alten Gartentische und -stühle, deren Eisengestelle zusammengeklappt werden können und mehrere dicke Schichten grünen Lacks mit Lackiertränen aufweisen, Lackschichten wie Jahresringe!

Jetzt ist alles leer und sie gehen über den knirschenden Schotterbelag auf eine riesige Christusstatue zu. Über der Eingangstür in einem Giebelchen ist eine Uhr, die immer *„fünf vor zwölf"* anzeigt.

Innen stehen vier mächtige Säulen, die den Blick nach oben lenken, wo in einem sechseckigen Deckenausschnitt die Kuppel, die aus zwölf dreieckigen Segmenten besteht, Licht durch blaues und weißes Glas hereinlässt.

Ihr Tisch ist links an einem Fenster mit Blick in den hinteren Garten.

„Nehmen wir eine Vorspeise oder ein Menü? Was könnt ihr empfehlen?" Fred blättert ratlos in der umfangreichen Speisekarte.

„Was ihr irgendwann mal hier esst, ist mir egal, aber beim ersten Mal solltet ihr unbedingt eines der speziellen Schnitzel probieren. Eine Vorspeise werdet ihr nicht brauchen, weil die Portionen riesig sind." Diesmal ist es Dorothee, die das Heft in der Hand hält.

„‚Das Original Concordia Superschnitzel (vom Schwein) , in der Cornflakes-Kruste mit Linsen,

Salami, Käse und gemischtem Salat' - *Cornflakes-Kruste?"*, liest Margret laut fragend vor.

„Das ist total lecker. Trau' dich ruhig oder versuch mal das Fiaker-Schnitzel. Da ist eine komplette Käsekrainer drin, das ist zwar viel, aber schmeckt fantastisch." Dorothee schluckt Speichel runter.

„Ich bestelle mir auf jeden Fall das Fiaker-Schnitzel und ein Zwickl-Bier.", legt Anton sich fest und Fred schließt sich an: „Aber was sind das für Preise, ein halber Liter Bier 4 Euro 38, Fiaker-Schnitzel 13 Euro 73?"

„Damals als der Euro eingeführt wurde, haben sie einfach vom geraden Schilling-Preis auf Euro umgerechnet ohne auf- oder abzurunden."

Nachdem sie bestellt haben, schauen sich Baldows um, gehen in die Nachbarräume und sind begeistert. Es sieht hier alles aus, wie in einer Ausflugswirtschaft im Jahre 1912.

„Was für ein schönes Lokal. Ich komme gar nicht mehr aus dem *Be-Wundern* raus, mit Betonung auf *Wundern*. Schade, dass es sowas nicht bei uns gibt. Ich möchte mal gerne hier bei schönem Wetter im Garten sitzen. Da kann man den ganzen Tag verbringen, morgens frühstücken, Sonne genießen bis zum Mittag, zu Mittag essen, noch ein Stündchen sich unterhalten und den Kindern beim Spielen zuschauen und dann Kaffee und Kuchen genießen ..." Margret zählt offensichtlich nicht die Kalorien ihres fiktiven Concordia-Tages.

Nochmal zu Monaldi & Sorti in dem Buch „*Veritas*" wundert sich der Icherzähler ständig darüber, wie oft, in welchen kurzen Abständen und wie viel die Wiener am Tag essen. So gesehen, ist Margret assimiliert, quasi mit Wien ganz verschmolzen. Sie wird Anton ebenfalls sehr fehlen.

Die Schnitzel kommen. Das einzige, was ein wenig stört ist, dass die riesigen Portionen auf ovalen, verchromten Blechtabletts kommen. Es ist aber sicher auch schwer, bei den Ausmaßen passendes Porzellangeschirr zu finden.

Ihre vier Essen passen nur knapp auf den Tisch zwischen die Getränke.

„Das Fiaker-Schnitzel ist ja aufgerollt?", wundert sich Fred. „Mein Super-Concordia auch!" Margret versucht mit ihrer Gabel in die krosse Panade zu piksen; es knackt knusprig.

„Ja, ist doch klar, die Käsekrainer beziehungsweise das Linsengemüse müssen schließlich eingerollt werden. Lasst es euch schmecken."

Es wird sehr ruhig, wenn man vom Knacken beim Schneiden der Schnitzelumhüllung und dem Krachen in ihren Mündern absieht. Vor allem im eigenen Mund ist das ein gehöriger Lärm. Sie alle haben Probleme die großen Portionen gänzlich aufzuessen.

Fred ist als erster fertig und stöhnt laut auf.

„Weißt du was, wenn ich solche Portionen vorgesetzt bekomme und sie irgendwie in mich reinkriege, geht mir immer folgendes Anschlussszenario durch den Kopf: Der Kellner kommt, um abzuräumen, sieht meinen leeren Teller, zögert erstaunt, dann reißt er meinen Arm hoch, als hätte ich einen Boxkampf gewonnen und ruft laut ins Lokal, im Stil von ,And the winner is ....': ,Meine Damen und Herren, liebe Gäste, ich bitte um Ihre Aufmerksamkeit. Hier ist er, der Erste, der Einzige, der es je geschafft hat, alles aufzuessen!'", beschreibt Anton seine Vision.

28 Zurück

Im Flughafen haben sie die übliche lange Wartezeit. Unschlüssig treiben sie sich im Duty-
Free-Shop rum, ohne eigentlich was zu suchen.
Das ist nervig und sie finden nicht den Dreh,
sich voneinander zu trennen.

Endlich! Der Flug nach Düsseldorf wird aufgerufen.

Die Frauen umarmen sich und Fred drückt mit
seiner Rechten Anton die Hand, während er auf
dessen Hand warm seine Linke legt.

„Danke, Anton! Das war wirklich ein schöner
Trip und das liegt vor allem an dir. Wir haben es
sehr genossen. Kommt gut heim!"

„Wir haben zu danken, schließlich waren wir
eure Gäste. Macht's gut und übernächste Woche
sehen wir uns in Worms!"

Er geht auf Margret zu, die bereits ihre Arme
ausgebreitet hat. Für ihn ist das eine vertrackte
Situation. Er kann nicht umhin, an sie beide anein-
andergefesselt auf dem Bett im Narrenturm zu
denken. Doch es gelingt, sie drücken sich freund-
schaftlich und geben sich rechts und links ein
Küsschen auf die Wangen.

„Margret, ich mag dich schon so lange und das
wird immer so bleiben. Es war schön mit euch!
Danke auch dir für die schönen Tage."

„Mir geht's genau so, Anton! Ein bisschen bin ich in dich verliebt. Welche Städte kennst du noch? Dann fahren wir wieder alle zusammen dahin. Ich bewundere sehr, was du uns geboten hast. Schade, dass es schon vorbei ist."

Es glitzert in ihren Augenwinkeln und auch Anton hat einen Kloß im Hals. Dorothee und Fred, die sich gerade aus ihrer Umarmung trennen, schauen ähnlich aus wie sie.

Ende eines denkwürdigen Wienbesuchs!

-:-

Kaum sind sie in der Luft und die nervenden Ansagen des Bordpersonals sind beendet, dringt Dorothee auf seine Erklärung.

Und er erzählt ihr, was ihm alles passiert ist. Die Abläufe vor dem Abend in der Villa, was er auf dem Friedhof der Namenlosen bei seinen zwei Besuchen erlebt hat, den nächtlichen Besuch im Narrenturm ... da hakt sie ein, denn sie hatte einen Traum, der sich mit seinem Bericht deckt, deckt bis ins Detail ...

Und wieder hat's bei ihr geprickelt.

„Das mit dem Bambusstock ... ich sag dir ... Du glaubst nicht, was ich empfunden habe ..." Ihm schwillt schon wieder der Kamm, doch er zieht sich runter: „Ja, schon, aber wenn, machen wir das *allein* und zu Hause!"

„Mach die Augen zu!", befiehlt Dorothee. Sie legt ihm die Hand auf den Oberschenkel, ziemlich weit oben.

„Untersteh dich, hier im Flugzeug ...?"

„Schließ die Augen!", kommt es nun sehr bestimmt. Er tut's. Sie gibt ihm einen drängenden Kuss und fummelt an ihm rum ... auch an seinem linken Handgelenk.

„So, nun kannst du sie wieder öffnen!"

-:-

Seitdem ist die goldene Gruen seine Lieblingsuhr und immer wenn man ihn fragt, warum er eine alte Uhr trägt, die man jeden Morgen von Hand aufziehen muss, sagt er „Sie lässt schlechte Momente schnell und glückliche Stunden langsam vergehen!"

-:-

Es scheint, als hätte Anton Frieden gefunden. Aber was ist, wenn es nicht so bleibt, weil Fred zwei diametrale Naturelle – ein Urlaubs- und ein Geschäftsnaturell - wie Dr. Jekyll und Mr Hyde hat? Wenn er da weitermacht, wo er in Groß-

Gerau aufgehört hatte, Anton und alle anderen wieder mobbt?

Anton ist dünnhäutig! Er würde schnell einen Rückfall erleiden. Dorothee wird wieder allein zuhause sein und es kommt womöglich der Tag, an dem sich Anton verkapselt, weil er es nicht mehr anders aushält.

-:-

Ein letztes Zitat von Edgar Allan Poe:

Traumland *(Schluss)*

Auf Pfaden, dunkel, voller Grausen,

Wo nur böse Engel hausen,

Wo ein Dämon, Nacht genannt,

Auf schwarzem Thron die Flügel spannt –

Aus jenem letzten Thule fand

Ich jüngst erst heim in dieses Land.

Nachwort

Der Titel ist auch der eines Gedichtes von Edgar Allan Poe - *A Dream Within a Dream*, dessen zweiter Vers wurde von Dr. Christian Baier ins Wienerische übertragen, daher auch der Wienerische Untertitel.

Vielen Dank an ihn dafür!

Poe ist einer der Künstler, bei denen ich um Nachsicht bitten muss, weil ich dort Anleihen gemacht habe. Der wichtigste Autor für dies Buch ist Arthur Schnitzler dessen *„Traumnovelle"* mich schon lange fasziniert. Daraus habe ich die Idee genommen und versucht Einzelnes davon, sehr nahe an seinem Werk in unsere Zeit zu versetzen. Keinesfalls meine ich, dass sein Werk zu verbessern sei, schon gar nicht von mir, aber wir leben in einer anderen Zeit als er. Wenn durch meinen Anstoß auch nur ein Mensch auf der Welt die echte *„Traumnovelle"* liest, ist meine Intention erfüllt.

Auch Stanley Kubrick hat mit seinem Film *„Eyes Wide Shut"* Schnitzlers Idee aufgenommen. In einer Kritik las ich, dass er daraus ein eigenes Kunstwerk geschaffen hätte. Es würde mich sehr freuen, wenn Sie meine Geschichte in diesem Sinne auch als ein eigenes, neues Werk empfänden. Es wäre schon fantastisch, wenn Sie nach dem Lesen in den Film gingen!

Bei Schnitzlers Roman und Kubricks Film stellen sich mir die Fragen:

- Warum erlebt (oder träumt?) Schnitzlers *Fridolin* und träumt Schnitzlers *Albertine* in dieser Nacht von derartiger Erotik, Ausschweifungen und sexuell extremen Situationen, die in ihrem normalen Leben keinen Platz haben? Der Roman ist von 1927! Seine Veröffentlichung löste einen Skandal aus.
- Fehlte beiden etwas in ihrem Leben?
- Meinen sie, etwas verpasst zu haben?

Meine Geschichte und mein Paar Anton und Dorothee sind bis zum Punkt, an dem Anton zu Dorothee zurückkommt und sie aus ihrem Traum erwacht, noch fast deckungsgleich zu Schnitzlers und Kubricks Handlung. Und immer noch haben Paare irgendwann während der Partnerschaft das Gefühl: ,*Das kann doch nicht alles sein! War es das jetzt mit meinem Liebesleben? Wie wäre es gewesen, wenn ...?'* Die Traumnovelle ist hochaktuell und wird es immer sein.

Mir erscheint es folgerichtig, dass wenn man Poes Gedicht, Schnitzlers Novelle und Kubricks Film zusammenlegt, diese dann in eine andere Richtung bringt und weiter treibt, sich folgende, weitere Fragen stellen:

- Kann es sein, dass zwei eng miteinander verbundene Menschen in derselben Nacht einen Traum haben, in dem sie einander gegenseitig im selben Handlungsstrang sehen und wahrnehmen?
- Was wäre, wenn Albertine-Dorothee im Traum sähe, wie Fridolin-Anton der ungebetene Gast auf einer traumartigen Party ist, wo ihm Böses droht, inklusive getötet zu werden?
- Hätte sie ihn gewarnt?
- Hätte sie Angst um ihn?
- Hätte sie ihm zur Flucht verholfen?
- Hätte sie riskiert, statt seiner von den übrigen Partygästen schlimmstens bestraft zu werden?
- Hat *Dorothee* sich geopfert oder war es eine andere Frau?

Diese Fragen gehen mit Sicherheit auch Anton durch den Kopf, als er von ihrem Traum erfährt. Da wo es bei Schnitzler und Kubrick aufhört, beginnt ein Strang, den ich absichtlich beklemmend aufgebaut habe. Anton ist nur noch von Angst, Panik und Misstrauen erfüllt.

Weder ihm und Dorothee, noch mir und hoffentlich auch Ihnen wird im Verlauf der Handlung klar, was Wirklichkeit und was Traum, Einbildung und Fantasie ist. Jedenfalls ist das meine Absicht gewesen. Sie sollten sich fühlen, als wäre es auch für Sie *nur ein Traum in einem Traum*!

-:-

Es gab noch eine schöne Begebenheit nachdem das Buch im Januar 2017 erstmals veröffentlicht war. Die bekannte US-Schauspielerin Jennifer Lawrence war in Wien und hat unter anderem einen Nachtclub dort besucht. Sie versuchte an einer Table Dance-Stange zu turnen! Wenn es zur Verfilmung kommt, hoffe ich, dass sie es kann und die Rolle der Sissi spielt.

Ihr Marco Toccato

Im September 2020

Kritik und Anregungen sind erwünscht. Bitte schreiben Sie an „marco@marcotoccato.com"

Mitwirkende und Erwähnte

Fred **Baldow**
selbstständiger Unternehmensberater

Margret **Baldow**
seine Frau

Jerzy **Baranowski**
polnischer Stehgeiger und Ex-
Softwareentwickler

Jana **Baranowski**
seine Frau und Cellistin

Roland **Bitter**
Geschäftsführer der Knauerbruch GmbH

Hilde **Brahm**
Ex-Mezzosopran und Pornouhrensammlerin

Carla
Kellnerin im Café Goldegg

Ireen
Balletttänzerin und irische Nymphe

Belinda Karan
Angestellte beim Ballett der Wiener Staatsoper

Elisabeth „*Sissi*" **Kolesariç**
Poledancerin und Prostituierte

Anton **Kortner**
selbständiger IT- und Logistikberater

Dorothee **Kortner**
seine Frau

Richard **Krähling**
Finanzbuchhaltungs- und Bilanzspezialist

Herr **Kunze**
IT-Leiter bei Knauerbruch

Andrea **Mazilescu**
Dorabella (Mezzosopran) „Così Fan Tutte"

Michi
das Geburtstagkind im *Mirakel*

Danilo **Mischitelli** (spricht sich *Miskitelli*)
Tenor im Ensemble der Wiener Staatsoper

Nachtportier
im Bristol mit E. A. Poe

Heléne **Noiret**
Fiordiligi (Sopran) „Così Fan Tutte"

Maria *„Mizzi"* **Prokopeç**
Poledancerin und Prostituierte

Itzhak **Rosenstein**
Antons Taxler in Wien

Heinz **Rotterer**
Ex-Vertriebschef von Seligmann

Dr. Friedrich **Seligmann**
GF + Gesellschafter der Seligmann GmbH

Franz **Thau**
IT-Leiter bei Seligmann

Ein **alter Mann**
auf dem Friedhof + drei Gehilfen

Die **Arschgeigen**
Punkband mit Geigen Mirakel

Der hilfsbereite **Mann am Tor**

Die **schöne, arme Frau**
in der Straßenbahn

Der **Busfahrer**

Der schmierige **Kellner** im Hawelka

Der **Oberste** + diverse Adamiten

Lachende Dame im Anker

Übersetzungen, Quellen, Hinweise

Meine Übersetzung von Edgar Allan Poes Gedicht „A Dream Within A Dream":

Ein Traum im Traum

Nimm auf deine Stirn den Kuss!
Da ich dich verlassen muss,
Sieh nur, groß ist mein Verdruss.
Ihr habt nicht Unrecht, die ihr meint
Dass euch mein Sein als Traum erscheint
Nun, da die Hoffnung fort sein mag
In einer Nacht oder einem Tag
Als Vision, Nichts oder nur Wort
Ist es deshalb weniger fort?
Was wir meinten, sah'n im Raum
Alles ist nur Traum im Traum.

Mitten im Rauschen ich stand
An einem weggespülten Strand
Und ich hielt in meiner Hand
Körner von seinem goldenen Sand
Wie wenige! Fast alle verschwunden
Durch meine Finger ser sich entwunden
Fühl mich geschunden - fühl mich geschunden
Mein Gott! Könnt ich sie halten
Ließe einen stärkeren Griff ich walten?
Mein Gott! Ich will wenigstens eines stellen
Aus diesen gnadenlosen Wellen?
Ist was wir meinten, sah'n im Raum
Wirklich nur ein Traum im Traum?

Den zweiten Teil davon auf Wienerisch von Dr. Christian Baier (Dramaturg beim Ballett des Theaters Dortmund)

Midn im Spül von den Wöln
steri am grindign Strand,
hoid in meina Hand
Kerndln vom goidanen Sand.
Vül sans net, und sie rinnan
ma durch di Finga.
Platzn muas i und ois a Rearata denkn:
Kennt i's annes nua hoidn
und beschützn vor denaren Wöln.
Is denn ollas Schaun und Schein nua Hiantschechan -
nura Draam in am Draam?

oder seine freie Fassung, die sich reimt:

I ste am Ufa. Dortn schaut's aus,
dass aan graust.
I hoid in meina Hand
Kerndln vom goidanen Sand.
Net vül, oba se rinnen ma scho
durch meine Finga davo.
Rean muaß i, denkn oiweu:
Bleibatn's ma no a weu,
gengatn's ma net baheu.
Kan i net aanes bewoan
voa dem elendign Schmoan?
Is ollas, wia's so kam -
nura Draam in am Draam?

A Dream - Meine Übersetzung:

Ein Traum
In Gedanken der dunklen Nacht gefangen
Träumte ich von der Freude, die mich verlassen
Vom Klartraum voll Leben und Licht umfangen
bin ich mit gebrochenem Herzen zurück gelassen.

Ach! Ist nicht ein Tagtraum mal
Für den, dessen Auge gelenkt
Auf Dinge mit einem Strahl
In die Vergangenheit gesenkt?

Dieser heilige Traum, dieser heilige Schein
Während jeder im Weltenraum kritisiert
Schien mir ein lieblicher Strahl zu sein
Der einen einsamem Geist geführt.

Was außer diesem Licht in Sturm und Nacht
Bebend so weit von fern
Was hätte pureres Licht gebracht
als der Wahrheit Tagesstern?

Aus „November Rain" von Guns 'N Roses
- Meine Übersetzung „**Novemberregen**":

Also wenn du mich lieben willst
Schatz, dann halt dich nicht zurück,
Oder ich geh nicht mehr weiter
Im kalten Novemberregen!

Meine Übersetzung des Ausschnitts aus „Dr. Jekyll und Mr Hyde"

Er setzte das Glas an die Lippen und trank es auf einen Schluck leer. Ein Schrei folgte; er schwankte, torkelte, umklammerte den Tischrand, während er weitermachte, starrend mit Augen wie entzündet, schnappte er nach Luft mit offenem Mund; und als ich schaute, kam, so dachte ich, ein Wechsel - er schien anzuschwellen - sein Gesicht wurde plötzlich düster und seine Zügen schienen zu schmelzen und sich zu verändern - und im nächsten Augenblick bin ich auf meine Füße gesprungen und lehnte mich zurück an die Wand, hob mein Arm, um mich zu schützen vor diesem schrecklichen Wunder, mein Bewusstsein ertrank in Panik.

Aus „No more I love you's" von Freeman / Hughes, gesungen von Annie Lennox

Auf Deutsch:

Keine „Ich-liebe-dichs" mehr
Veränderungen gleiten weg von dem Begriff
Ich hatte Dämonen nachts in meinem Zimmer
Wunsch, Enttäuschung, Wunsch, So viele Monster

**La nostra relazione - Liedtext von Vasco Rossi
von mir übersetzt aus dem Italienischen:**

Unsere Beziehung
ist etwas Spezielles
es ist keineswegs wegen Liebe
und ist vielleicht nicht einmal Sex
wir beschränken uns
im selben Bett zu leben
ein wenig aus Gewohnheit
oder vielleicht auch aus Trotz

Es ist kein Geheimnis - komm, es wissen alle
und du bist nur komisch, wenn du versuchst
es vor den Leuten zu verstecken
die uns streiten sehen
wegen irgendwas oder nichts
wegen der Langweile die
wir immer in uns tragen
es bringt nichts, es abzustreiten

Unsere Beziehung
hat bereits keinen Sinn mehr
du hast deine Gründe
und ich bin vielleicht zu müde
bei alldem ist es nicht einfach
alles neu zu beginnen
lass es gut sein - komm
machen wir nicht ein Bett wieder neu,
das längst zerstört ist

Es ist kein Geheimnis - komm, es wissen alle
und du bist nur komisch, wenn du versuchst
es vor den Leuten zu verstecken
die uns streiten sehen
wegen irgendwas oder nichts
wegen der Langweile die
wir immer in uns tragen
es bringt nichts, es abzustreiten

Carly Simon – You're So Vain

Meine Übersetzung „**Du bist so selbstverliebt!**":

Du kamst auf diese Party,
als würdest du auf eine Yacht gehen!
Den Hut effekthaschend auf's Auge gezogen,
Dein Schal apricotfarben!
Du schaust mit einem Auge in den Spiegel
Beobachtest dich bei Gavotte-Schritten
Und alle Frauen träumen, deine Partnerin zu sein -
Deine Partnerin zu sein und
Du bist so selbstverliebt
Meinst du, dies Lied handelte von dir?
Du bist so selbstverliebt
Ich wette, du glaubst dies Lied handelt von dir
Tust du doch oder?
Tust du doch oder?

Bildnachweis:

Das Foto auf der Vorderseite wurde vom Autor im Dezember 2016 auf dem Friedhof der Namenlosen fotografiert.

Das Foto auf der Rückseite ist vom Autor im Wien Museum am Karlsplatz (Wien) ebenfalls im Dezember 2016 aufgenommen worden.

Auf der Website http://freimaurer-wiki.de/ index.php/Franz_Anton_von_Zauner findet man ebenfalls eine Abbildung mit folgendem Text:

GENIO BORNII - eine 79 cm hohe Hommage an Ignaz von Born aus dem Jahr 1785 von Franz Zauner. Österreichische Galerie Belvedere, Wien

Folgendes gibt die website http://freimaurer-wiki.de/index.php/Zur_wahren_Eintracht an:

Ignaz von Born war der zweite Meister vom Stuhl der Freimaurer-Loge „Zur wahren Eintracht". Dort war auch Joseph Haydn Mitglied. Wolfgang Amadeus Mozart, Mitglied der Loge 'Zur Wohlthätigkeit', war häufig Gast bei den Arbeiten der Loge Zur wahren Eintracht und wurde dort zum Gesellen befördert.

Weitere Bücher von Marco Toccato

In der Reihenfolge ihrer Veröffentlichung.

Alle Bücher sind als Taschenbücher oder eBooks im Buchhandel beziehungsweise bei den üblichen Quellen erhältlich:

[1]: „Amor Amaro und die tote Nachbarin"

bei http://www.epubli.de

ISBN: 978-3-7467-3810-9

Unter eigenartigen Umständen wird die regional bekannte Schriftstellerin und Möchtegernmalerin Lorena Leindeetz tot aufgefunden. Ist sie das Opfer eines Nachbarschaftsstreits, war es einer ihrer zahlreichen Feinde oder ging es um ihr Geld? Amor Amaro ermittelt, um seinem Freund Hans Kleinert zu helfen, der der Hauptverdächtige ist. Viele Erinnerungen an die gemeinsame Kindheit in den 50er und 60er Jahren des 20. Jahrhunderts und Bilder aus dem alten Kronenburg-Haufen erscheinen und nebenbei wird ein Mord in einem Vorort, der fiktiven Großstadt Kronenburg im Ruhrgebiet aufgeklärt.

**[2]: „Amor Amaro beendet die diXXda©
Verschwörung"**

bei http://www.epubli.de

ISBN: 978-3-7467-1180-5

Der Kronenburger Software-Gigant Heiner Lurrwich ist tot! Pech, denn er hatte den Deal seines

Lebens vor Augen. Wenigstens 1,5 Milliarden war Mark Zuckerberg bereit, ihm für sein neues Portal zu zahlen. Die Politik war guter Dinge, das Silicon Valley würde bald vom Digi-Tal, dem neuen Technologiezentrum Kronenburgs abgelöst.

Sex, Drugs and Crime! Sogar unserem Amor Amaro trachtet man nach dem Leben und zwei Leben werden in letzter Minute gerettet.

[4]: „Amor Amaro und die tote Domina"

bei http://www.epubli.de

ISBN: 978-3-7450-9105-2

Im Roten Herz, einem Saunaclub im Süden Kronenburgs steht das Wasser im Erdgeschoss einen Meter hoch, weil es einen Wasserrohrbruch gab. Ausgerechnet, als der Besitzer Borris Glatzow seinen 70. Geburtstag mit vielen Prominenten aus Kronenburg und Umgebung feiert – er zahlt viel Gewerbesteuer (im wahrsten Sinne).

Die Prominenz muss statt über einen roten Teppich, den Club über eine rote Feuerwehrleiter verlassen, so wie sie von den Fluten erwischt wurden, manchmal nur in einem Badetuch. Es wimmelt von Presseleuten!

Mittendrin wird Shanaia Trepkow, Borris' bestes Pferd im Stall, die Domina, entdeckt, tot und auf einem Andreaskreuz gefesselt, womit sie im Erdgeschoss rum schwimmt.

Amor wird von Glatzow beauftragt, den Fall schnell und vor allem diskret zu lösen. Jeder im Haus könnte der Mörder sein.

… und in diesem Buch findet Amor die Frau für's Leben. Marion Konnarke eine tolle Frau!

[5]: „Amor Amaro – Das schwarze Bein im Porto Canale"

bei http://www.epubli.de

ISBN: 978-3-7450-8606-5

Anton, der Sohn von Hans Kleinert macht Urlaub an der Adria im pittoresken Örtchen Cesenatico. Beim Abendspaziergang mit seiner Frau und seinen drei kleinen Töchtern wird er Zeuge, als Fischer das Bein eines Schwarzafrikaners aus dem berühmten, von Leonardo Da Vinci entworfenen Hafen *Porto Canale* ziehen. Damit nicht genug findet Anton danach auf dem Hotelparkplatz im Kofferraum seines Autos den passenden Rumpf dazu.

Soll er zur Polizei gehen? Soll er *den Corpus Delicti* irgendwo deponieren? Wo? Wie ohne gesehen zu werden?

Amor Amaro kommt ihm zur Hilfe, jedenfalls versucht er es. Jeder Entsorgungsversuch scheitert und es herrschen Temperaturen von gut 30°C. Seiner Familie sagt er nichts. Sie sollen unbeschwert Urlaub machen. Umso beschwerter wird der Urlaub für ihn.

Eine Mafia-Organisation ist beteiligt. Antons Frau und Amor große Liebe Marion sollen entführt werden …

Es gibt natürlich wieder leckere italienische Speisen und Rezepte. Das Strand- und gesellschaftliche Leben in den Sommermonaten bietet interessante Ereignisse und noch interessantere Menschen. Man kennt sich, amü-

siert sich, tratscht über die Anderen und erfreut sich an
Mahlzeiten, Aperitivs, Wein, Caffè an Abendveranstal-
tungen und am *dolce far niente*.

Auch wenn Amor anfangs misstrauisch ist, weil er,
als Sizilianer in Norditalien ist, gefallen ihm die Menschen dort nach kurzer Irritation über die Maßen gut.

**[6]: „Amor Amaro – Schrebergarten des Todes oder
Neues von der Nachbarin"**

bei http://www.epubli.de

ISBN: 978-3-7467-7641-5

Loretta Leindeetz war schon mal richtig tot, jedenfalls für Hans Kleinert (siehe „Amor Amaro und die
tote Nachbarin" [1]). Die regional bekannte Schriftstellerin und Möchtegernmalerin ist Hans' Nachbarin. Nun
wird sie ihm zur Wiedergängerin. Wikipedia sagt zu
„Wiedergänger":

> Der Kern des Wiedergänger-Mythologems ist die Vorstellung,
> dass Verstorbene - oft als körperliche Erscheinung – in die Welt der
> Lebenden zurückkehren („Untote"). Sie sind den Lebenden meist
> böse gesinnt und unheimlich. Sei es, weil sie sich für erlittenes Un-
> recht (z. B. Störung ihrer Totenruhe) rächen wollen; sei es, weil ihre
> Seele auf Grund ihres Lebenswandels nicht erlöst wurde.

Bei Loretta Leindeetz muss es Letzteres gewesen
sein. Weiter geht's mit den „nachbarschaftlichen" Mob-
bereien gegen Hans durch die Leindeetz und ihren
Mann Dr. Volkhart Einfried. Dazu noch ein Mordver-
such an Heinz Konnarke, dem Mann von Amors großer
Liebe und Amor ist diesmal selbst der Verdächtige!
Klingt verworren? Es klärt sich alles auf.

[7]: „SAUBER"

bei http://www.epubli.de

ISBN: 978-3-7485-8151-2

Im Kreuzviertel, dem hippen Wohn- und Kneipen-
viertel in Dortmund geht ein Serienmörder um. Zwei
Frauen wurden nackt und tot an exakt derselben Stelle
neben Bahngleisen gefunden. Beide wurden im
wahrsten Sinne des Wortes bis aufs Blut gequält, so
sehr, dass sie an den Schmerzen gestorben sein müssen.

Eine junge Kriminalbeamtin ist so traumatisiert, dass
sie nicht mehr arbeiten kann und ausgerechnet sie
scheint ebenfalls in die Händen des Mörders gefallen zu
sein. Karin Kwiatkowski, Leiterin der Mordkommission
Dortmund sucht sie und den Mörder unter Hochdruck.

[8]: „Ausgeträumt? – Aasdraamt?"

Band 2 „Wiener Träume"

bei http://www.bod.de

ISBN: 978-3-7519-9745-4

Toccatos Befürchtungen werden wahr. Der Frieden
hat keinen Bestand für Anton Kortner. Er ist tiefer als je
zuvor in seinen psychischen Schwierigkeiten. Seine
Frau Dorothee hat ihn verlassen und sein kleines Unternehmen rutscht in die Insolvenz. Fred hat ihn fertig-
gemacht!

Doch er bekommt unverhofft einen neuen Bera-
tungsauftrag – in Wien! Ausgerechnet dort kann er nun
arbeiten.

Er versucht nun den Verbleib von Sissi zu klären,
besucht noch einmal ihr Grab. Mizzi stirbt unter dubio-

sen Umständen und ein Geschäftspartner wird erhängt gefunden.

Als Anton meint, nun endlich Ruhe und eine Partnerin, Anna gefunden zu haben, die ist, wie Sissi war, wird die …

Sie sollten es selbst lesen.

[9]: „Ausgeschämt! – G'nu g'schaamt?"

Band 3 „Wiener Träume"

bei http://www.epubli.de

ISBN: 978-3-7549-4074-7

Anton Kortner arbeitet noch in Wien bei Pohrer. Er ist kommissarischer Geschäftsführer, solange Dr. Pohrer im Krankenhaus ist. Der Kampf mit dem ukrainischen Clan ist noch nicht ausgestanden. Anton soll in deren Auftrag Geld waschen, will sich aber nicht strafbar machen. Anna ist nicht ansprechbar. Sie lebt in ihrer eigenen Welt im Otto-Wagner-Spital. Anton will sie zurück ins Leben bringen. Es kommt erneut zu einer Entführung. Eine geheimnisvolle Persönlichkeit, die seit langem seine Geschicke zu lenken versucht, überrascht Anton und auf einer weiteren Adamitenorgie kommt es zum Showdown.